답장이 없는 삶이라도

답장이 없는 삶이라도

김해서 산문

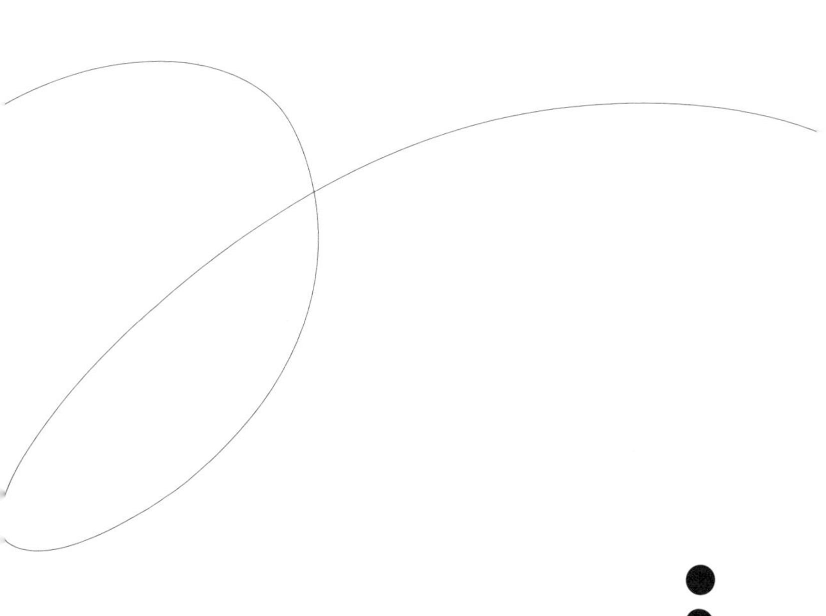

;

일어나지 않은 일을

일어나지 않도록 만드는 것.

비키지 않는 것.

나는 내 자리를 알아요.

작가의 말

노트북 키패드의 'ㄴ'이 자꾸 빠진다. 방금 첫 문장을 쓰는데도 세 번을 눌러야 했는데, 덜렁거리는 'ㄴ'을 붙들고 조금만 더 버텨주기를 바라고 있다. 오천 원만 내고 수리센터에 맡기면 해결될 문제라는 건 안다. 하지만 가지 않았고, 업무 메일을 작성할 때도 시를 쓸 때도 'ㄴ'만큼은 신생아 다루듯 조심스럽게 누르고 있다. 누군가는 나더러 괴팍하다고 할 테다. 변명할 필요성은 못 느끼지만, 주변에서 뭐라 하는 사람들이 많으니 일단 내 입장을 고한다.

"때가 되면 알아서 해. 슬퍼지려고 하니까 다그치지 좀 말아줄래?"

손이 자주 주춤거린다고 해서 글을 못 쓰지 않는다. 일하는 도중에 'ㄴ'이 빠지기라도 하면 다시 임시로 끼워 넣느라고 진땀을 빼지만, 그렇다고 해야 할 일을 제때 못한 적도 없다. 나는 언제나 내가 감내할 수 있을 만큼 불편해보려는 사람이다. 끼어드는 사고에 기꺼이 들이받는다.

아끼던 부츠 밑창이 반으로 갈라졌는데도 접착제로 이어 붙여 꿋꿋하게 신고 다니고, 신을 믿지 않으면서 동생을 위해 매일 기도한다. 식물 키우는 일에 흥미가 없지만 선물로 받은 아이들을 여태 살리고 있고, 극도의 내향인이지만 여러 사람을 만나는 일로 돈을 번다. 줄을 서다 누군가 내 순서를 가로채 새치기해도 잠자코 차례가 돌아오기만을 기다린다. 아주 어릴 때부터 그랬다. 그게 내 손해일까? 그날들을 후회한 적 없는데?

살아지는 대로 살았으면서 인생 첫 책은 시집이 될 거라 기대했다. 시는 내가 아는 것 중 가장 근사한 것이니까. 뭘 크게 이뤄본 적이 없으니, 기어코 등단해서 삶의 상한 부분을 슬쩍 덮어보려는 속셈이었을지도 모르겠다. 그런 내가 고장 난 키패드보다 궁색한 나의 이야기로 첫 책을 쓰게 될 줄 예상하지 못했다. 꿈에도 몰랐다. 마음 같지 않은 날들, 대놓고 보여주기엔 부끄러운 삶의 더부룩한 내장을 공개해도 되는 것인지 쓰는 내내 의심스러웠다. 이번에도 계획대로 되지 않는 인생에 한숨을 쉴 수밖에. 그러나 이야기는 벽에 기대 주저앉은 사람처럼 슬픈 'ㄴ'의 모양으로 계단처럼 쌓여갔다.

다 쓰고 나니 보였다. 내가 이런 모양으로 구겨진 사람이라서 지금까지 시를, 괴짜 같은 성미를 포기하지 않았다는 것을. 느리게, 너절하게, 그러나 이상하리만치 고집을 부리며 살아온 덕에. 쓰지 않았으면 몰랐을 사실이었다.

쓰는 동안, 과거의 나에게 편지를 띄우는 기분이었다. 마지막 글의 마침표를 찍을 땐, 답장을 기다리기만 하면 되는 어느 평온한 저녁을 맞이한 것 같았다. 내 숨소리 외엔 아무것도 들리지 않았다. 더 빨리 더 많이 행동하라고 독촉하는 듯한 세상 때문에 왕성하게 슬펐으나, 이제 고요 속에서 서서히 기쁘다. 머지않아 '다음 페이지'로 넘어갈 수 있을 것 같다. 그 페이지 역시 내가 기대하지 않은 모습일 수도 있고, 고작 키패드를 수리하는 정도일 수도 있고, 오랫동안 바라온 모습일 수도 있겠지만, 지금을 서둘러 떠나지 않을 것이다. 비키지 않는다. 사랑이 얼기설기 그러나 양보 없이 삶에 들어차도록.

자기 자신으로 남느라 자주 외로웠던 사람들을 위해 이 책을 바친다.

차례

PART. 1 시와 슬픔 사이

PART. 2 슬픔과 나 사이

PART. 3 나와 당신 사이

PART. 1

시와 슬픔 사이

시 같은 것밖에 없었으므로

우리 인생에는 약간의 좋은 일과 많은 나쁜 일이 생긴다. 좋은 일은 그냥 그 자체로 놔둬라. 그리고 나쁜 일은 바꿔라. 더 나은 것으로. 이를테면 시 같은 것으로.○

보르헤스의 말이라고 한다. 이 문장을 맞닥뜨리는 순간, 나는 순식간에 열 살로 돌아간다. 가슴에 맺힌 이슬이 손끝으로 흘러 떨어지는 감각에 들뜨던 어느 날. 시를 몰라도 시처럼 살 수 있던 유년으로.

○ 정혜윤, 『아무튼, 메모』, 위고, 67쪽에서 재인용

부산에서 지냈던 십삼 년의 기억은 큐빅 조각들로 가득 찬 상자와 같다. 인형의 옷자락에서 빠진 큐빅, 싸구려 귀걸이에서 떨어져 나온 반짝이. 무언가의 일부로 세월을 보내다가 이젠 가만히 누워 지내는 곱게 늙은 노인 같은 것. 그 알갱이들을 손끝으로 굴리다 보면, 어느새 옛 시절로 돌아가 뜨거운 침이나 눈물을 삼키고 있다. 큐빅 조각으로 실수인 척 손끝을 찔러 피가 맺히는 것을 본다. 나는 비릿한 기억 속에서 능숙하게 숨쉴 수 있다.

그 시절 아빠의 직업은 저녁 느지막하게 출근해 새벽까지 일하는 학원 강사였다. 아빠의 깨어 있는 얼굴을 볼 수 있는 시간은 휴무일이 아니고선 아주 깊은 밤이 유일한데, 나는 어렸고 학교를 가야 했으므로 일찍 잠자리에 누웠다. 자리에 눕고 나서도 한참을 잠들지 않고 버텼다. 아빠를 마중 나갔던 엄마가 아빠와 함께 현관문으로 들어오는 소리를 기어코 듣고 잠들고 싶었기 때문이다. 오랜 수면장애는 그때부터 시작되었을지도 모르겠다.

밤을 헤치며 걸어오고 있을 젊은 부모를 기다리는 시간. 영역 다툼을 하는 고양이들의 날선 울음소리와 냉장고에서 울리는 냉각기의 굉음, 동생의 잠꼬대, 옆

집에서 화장실 물 내리는 소리. 좁은 방에 각종 생활 소음이 웅웅 전해진다. 내 주위를 검은 기운이 지배할 때 청각과 피부는 예민해진다.

제대로 보이지 않아 두렵지만, 보이지 않음에서 오는 자유가 있었다. 곰팡이에 가려 흐리멍덩해진 꽃무늬 패턴 벽지가 꿈틀거린다. 살아 움직인다. 울긋불긋한 꽃밭이 넓게 펼쳐지고 보름달이 뜬다. 기분 좋은 향기가 뭉근하게 마음을 뒤덮는다. 나는 사뿐사뿐 나는 듯 걷는다. 수많은 꽃들 중 한 송이가 되어 가만히 흔들릴 수도 있다. 발가벗어도 되고, 걸쳐본 적 없는 고급 실크 원피스를 입을 수도 있다. 동틀 때까지 뛰놀아도 노려보는 위험한 사람 하나 없다. 부모를 깊은 밤까지 잠들지 못하게 만드는 돈도 그 세상에선 중요하지 않다.

상상은 현관문이 열리며 잠시 멈춘다. 아빠는 엄마가 낮에 끓여둔 시래기 된장국으로 허기진 배를 채우고 바로 잠에 빠진다. 엄마도 방에 들어와 곁에 눕는다. 아빠, 엄마, 동생, 나. 좁은 방에서 네 식구가 나란히 들처럼 누워야 나는 실눈마저 감고 하루를 끝낼 수 있었다.

새로운 세계로 이끄는 어둠의 극장을 맛본 나는 걸핏하면 신기한 장면들을 상상하곤 했다. 직접 상상하는 이야기가 세상 그 어떤 이야기보다 재미있었다. 선생님 뒤 검은 칠판을 보면서도, 교회 사람들이 나눠주는 지옥 불구덩이 그림을 마주했을 때도, 문구점 앞에 놓인 게임기 화면을 볼 때도, 곧장 가슴에 피어오르는 감각에 집중했다. 피어나라 피어나라, 검불에 부싯돌로 불 붙이듯 주문을 거는 것이다. 어디든 갈 수 있는 주문을.

공상하는 습관은 혼자만의 놀이로만 그치지 않았다. 도저히 알 수 없는 감정이 피어오르거나 타인의 낯선 표정을 마주할 때도, 나는 나만의 방식대로 그것을 이해하고 상상하기 시작했다.

어느 날 내가 물끄러미 바라본 곳엔 젊은 아빠가 있었다. 아빠 얼굴이 붉은 유화 그림처럼 떠오른다. 당시 살던 집은 마당이 딸려 있었다. 대형견 한 마리가 드러누우면 다 들어찰 만한 매우 비좁은 마당이었다. 담장 너머로 보이는 하늘 끄트머리에 낮은 산이 자리하고, 우리 집보다 더 아래에 자리한 색색의 슬레이트 지붕들도 노을 아래에선 그럴듯해 보인다. 그날은 아빠의 휴무일이었고, 당신은 접이식 의자를 펼쳐놓더니 마당에 앉아서 여유롭게 저녁 시간을 보냈다. 그대로 '가만히' 앉아만 있었다.

어린 내 눈엔 부모가 먼 곳을 응시하며 꿈쩍도 하지 않는 모습이 낯설게 느껴졌던 것 같다. 바로 옆에 자식이 붙어 있으면 눈도 부러 마주치고 시답잖은 말도 해보는 게 그들의 역할이지 않나. 아빠는 중요한 이야기를 귀담아듣는 사람처럼 말없이 하늘을 보고만 있다. 올려다본 하늘엔 타는 듯한 붉은 노을이 걸려 있을 뿐. 나는 점점 겁이 났다. 이대로 노을에서 눈을 떼지 않으면 아빠의 일부가 이쪽으로 영영 돌아오지 않을 것 같았다. 돌려세울 수 없을 것 같은 얼굴의 무서움을 그날 처음으로 느꼈다.

붉게 젖은 둥근 어깨, 흰 메리야스, 잔잔하게 부는 더운 바람, 멈춘 얼굴. 나는 그 빛나는 장면을 이따금 꺼내, 아빠가 들판에 서 있거나 산 정상에 홀로 있는 모습으로 그려보곤 했다. 젊은 아빠는 골똘히 진지한 생각을 하고 있었을 수도 있고, 오랜만에 보는 아름다운 허공에 넋을 놓았을 수도 있다. 혹은 그저 피곤했을 수도 있고, 어떤 시절이 그리웠을 수도 있다. 나는 그를 위해 하늘에 촘촘히 별자리를 그려 넣기도 하고, 외국에 한 번도 나가본 적 없는 그가 좋아할 만한 이국의 유적지에서 천장 벽화를 가져오기도 한다.

그런 식으로 늘 풍경을 짓고 사랑하는 사람들을 그

곳에 보내 실컷 공기를 들이마시게 했다. 잊을 수 없는 것을 꺼내 다시 내 멋대로 그려보는 일. 그게 내겐 시다. 아무도 막지 못하는, 내가 제일 과감해지는 순간.

아빠가 타지로 직장을 옮겨 우리 가족이 잠시 떨어지게 된 어느 날, 아빠를 보내고 울면서 바닥을 걸레질하던 엄마의 모습을 나는 생생하게 기억한다. 코딱지만한 바닥이라 금방 끝낼 일을 엄마는 한참을 멈추지 않았다. 바닥으로 떨어지는 눈물방울을 계속해서 닦고 닦았다. 나는 그런 엄마와 함께 울어버리는 대신 방문 밖에 가만히 서서 생각했다. 엄마가 아름다운 성을 닦고 있는 모습으로. 쉽게 무너질 것 같지만, 닦으면 닦을수록 투명해지고 얼음보다 선명해지는 유리성. 유리 바닥에 고인 눈물을 나는 가장 아래층에서 올려다보는 것이다. 이를테면, 이런 그림으로 그날을 종이 위에 모셔올 수 있다. 내가 시 쓰는 사람으로 자라게 된 건 당연한 수순이었을지 모른다.

보르헤스의 말대로, 어린 내가 선택할 수 있는 더 나은 것이란, 시 같은 사람들과 시 같은 풍경들을 사랑하는 것밖에 없었으므로.

우리의 영혼은 모과 한 알의 무게만큼 더 나간다

한 달에 한 번 네 명의 여자들이 만난다. 모임의 이름은 '모과'다. 당신이 생각하는 그 과일이 맞다. 왜 살구나 한라봉이 아니냐고 물을 수도 있겠지만, 아무리 생각해도 시 창작 모임의 이름으로 '모과'보다 더 적절한 게 있을까 싶다. 박연준 시인의 아이디어다. (그녀는 모과 모임의 리더다.) 과일로 봤을 땐 모두가 즐길 만한 맛이 아니라서 미흡하긴 해도, 어쩐지 보기에 기분 좋은 것. 테이블이나 선반 위에 툭 얹어두기만 해도 아름답고, 자꾸만 은은한 향기로 존재감을 드러내는 것. 그게 시와 닮지 않았느냐는 것이다. 절로 끄덕여진다. 무용하고 부질없지만, 가만히 들여다보면 마음에 동요를 일으킨다는 속성이 비슷하다.

모과의 일원들은 한 달에 한두 편의 시를 써서 모인다. 그리고 각자의 작품을 낭독하고 합평하는 시간을 갖는다. 자기 작품이 얼마나 마음에 드는지, 퇴고를 얼마나 오래 했는지는 중요하지 않다. 작품이 주인의 손을 떠나 테이블 위로 공개된 이후엔 아무런 변명을 할 수 없다. 당연하지 않은가. "저, 사실 이런 스타일의 노래를 좋아하긴 하는데, 처음 불러보는 거라 걱정돼요." "엄청나게 연습하긴 했는데, 아마 어떤 부분에선 음정이 조금 불안할 수도 있을 거예요." 어느 가수가 무대에 올라 노래를 부르기 전에 지레 겁을 내고 이런 말을 한다고 생각해보라. 상상만 해도 아찔하다. 그러나 안타까운 만큼, 기대나 격려하고 싶은 마음도 식기 마련이다. 시도 마찬가지. 시인의 손을 떠나면 시는 오로지 독자의 것이다. 독자는 그것의 향을 잠깐 음미했다가 팔짱을 낀 채 조용히 모양을 감상한다. 그때 시인은 한마디도 덧붙이지 않고, 그들을 방해하지 않고, 겸허해져야 한다.

나는 시를 잘 쓰고 싶은 사람이다. 당연히 좋은 평가를 받고 싶다. 죽기 살기로 덤비며 시를 썼던 때도 있었고, 계속되는 등단 실패에 제풀에 지치고 상처받아 절필했던 시기도 있다. 그랬던 사람이 이 모임을 과연 얼마나 즐기면서 할 수 있을까 싶겠지만, 심지어 애정하는 시인이 지켜보는 가운데 진행되는 합평이라 결코 가벼이 여길 수 있는 시간도 아니지만, 글쎄, 나는 요즘 즐겁다. 말 그대로 우리 모과의 시간은 '모과를 주고받는 시간'이기 때문이다.

"네 시는 신맛이 참 좋다."

"이 시는 평범한 것 같으면서도 향이 정말 그윽하네. 자꾸 생각나."

"조금 더 익었을 때 땄다면 색이 훨씬 좋았을 텐데."

"지금보다 강렬한 향이 났으면 좋겠어."

"계속 쓰다듬고 싶은 모양의 시다!"

주거니 받거니 자랑하고 구경하고 수다를 떤다. 누군가 내 모과에게 아쉬움을 내비친다고 해서 속상하거나 실망하지 않는다. 조금 머쓱할 순 있겠지만, 나무가 죽어버리지 않는 이상 열매는 늘 다시 열릴 테니까. 다음에 또 새로운 열매를 보여주면 되는 거니까.

모과의 자양분이 될 나만의 은유 사전이 채워지고 있는 요즘. 나는 자주 골똘해진다. 허공이나 손바닥에 검지로 어떤 단어들을 휘적휘적 써보다가 메모장에 옮긴다. 샤워를 하다가도, 밥을 먹다가도, 친구와 얘기를 하다가도, 문득 아끼는 식물에 물을 주는 것을 잊은 사람처럼 마음이 헐레벌떡 모과나무 앞으로 달려나간다. 시로 자라든 시로 자라지 못하든, 계속해서 피고 지는 단어들이란 이런 것이다.

발톱 : 죽은 시간이 퇴적된 흰 삼각지

욕조 : 집으로 들인 연못

의자 : 흩어지지 못하는 기도

오로라 : 밤의 피루엣

시계추 : 종말의 입꼬리가 된 바이킹

피아노 건반 : 무너지며 춤추는 계단

단풍 : 이마가 찢긴 나무들의 피

이슬비 : 상해서 부서지는 구름의 머리카락

겨울 태양 : 매일 전복되는 흰 보트

잘린 자몽의 단면 : 쥐어 터진 심장

흔들리는 커튼 : 쓰다듬어지길 바라는 짐승의 옆구리

연필 : 종이 위로 선 나 홀로 나무

옷걸이 : 빛의 쇄골

화장대 : 눈 속의 거울을 확인하는 암실

유성 : 저녁의 한쪽 귀에서 떨어진 귀걸이

침묵 : 마침표가 없는 점자책

영원 : 조리개가 닫히지 않는 카메라

두려움 : 내가 자고 일어날 때마다 키가 커지는 식물

권태 : 깎은 손톱 받침대가 된 시집

전깃줄 : 거인의 속눈썹

이런 시간이 필요했던 것 같다. 자꾸 새롭게 태어나는 시간. 그 생경한 감각을 말로 빚어 꺼내보는 시간. 내 안의 어딘가가 회복되고 새롭게 자라날 때마다 좋은 사람들에게 나타내 보이는 시간. 합평이 끝나고 모든 달고 쓴 소리를 들은 이후에 얼마나 마음이 든든한지 모른다. 더 열심히 쓰고 싶고, 다른 사람들의 다음 글도 어서 읽어보고 싶어서 침이 고일 지경이다.

이 모든 게 시의 힘이라는 것도 기쁘다. 다른 무엇 때문도 아닌 뭔가를 쓰고 싶어서 침이 고이고 열심히 살고 싶고 자신에게 정직해지려는 게. 그리고 이 기쁨의 중량이 어느 정도인지 잘 아는 사람들이 모였다는 사실이 소중하다. 모두 특별한 여자들이다. 한 사람은 시인이고 소설에 도전하고 있다. 한 사람은 엄마이고 글쓰기 교습소를 열었다. 또 한 사람은 사람들이 머무는 아름다운 공간을 만든다. 우리 모두는 시를 사랑한다.

박연준 시인이 시만큼 사랑하는 것이 있다면 발레다. 현실에선 절대 쓰지 않을 것 같은 몸짓들을 무대에 올리는 것이 매력적이란다. 시인이 시를 쓰는 이유도 다르지 않다. 현실에 어울리지 않는 언어들이 종이 위에서만큼은 마구 피어난다. 아무도 꺾지 않는다. "늘 그 성질에 이끌리는 걸 보면 사람은 안 변하는 구석이 있는 것 같다."라고 말하며 소녀처럼 웃는 우리의 리더. 나는 벅차올랐다. 안 변하는 게 있구나. 좋아하는 것을 계속 좋아할 수 있는 자유가 있구나. 그 엉뚱하고 무용한 자유로움을 소작하는 네 명의 여자들. 든든한 여자들이 여기 있다.

우리의 영혼은 모과 한 알의 무게만큼 더 나간다. 지구 어딘가에서 모과가 열리고 있다는 사실 하나만으로도, 시를 쓰고 춤출 수 있다.

○ 박연준, 『쓰는 기분』, 현암사, 2021

사랑 후의 소란

연준 선생님.

들려준 적 없는 이야기를 하려 해요. 2017년 가을 합정역 근처 강의실에서 우리가 처음 만난 날, 그 이전의 이야기를요.

당신은 내가 앙상하고 희미한 모습일 때를 기억할 겁니다. 살기 위해 잘 알지도 못하는 시인의 수업을 신청했습니다. 박연준. 그 이름을 실수로 잊을까 봐 강의실 문을 열기 전까지 중얼중얼 몇 번이고 외웠습니다. 의사를 찾아가는 심정으로 문 앞에 당도한 것일지도 몰라요.

나를 고통스럽게 하는 존재들에게서 벗어나 은신할 수 있는 시. 시를 너무 깊게 파서 다시 밖으로 빠져나가기 힘들었습니다. 차라리 입구를 봉쇄하는 방법을 배워 나를 시의 암흑 속에 매장시키고 싶었죠.

당신이 쓴 책 중 딱 한 권만 읽어본 무렵이었습니다. 사람들에게 더 잘 알려진 책이 있지만 일부러 읽지 않았어요. 당신의 시집 『아버지는 나를 처제, 하고 불렀다』에서 헤어나오지 못하고 있었습니다. 왜 하필 표지를 보랏빛으로 만들었나요? 내가 들춰볼 수밖에 없게 말이에요.

선생님도 무언가를 잃어버린 적 있나요. 허무하게 잃어버리는 바람에 계속 마음에 남는 것 말이에요. 중학생 때부터 사용한 보라색 샤프펜슬을 잃어버린 날, 그 시절을 송두리째 빼앗긴 심정이었습니다. 고장 나도 어떻게든 고쳐 썼는데. 이후로도 그처럼 완벽한 펜슬을 본 적 없습니다. 내 일기와 시의 역사, 유구한 혼잣말을 아는 존재인 그것은 이야기를 아주 잘 들어주었습니다. 사랑하는 사람들을 저주하고 욕하고, 그러다 다시 미안해하면서 끌어안으며 왜 한 품에 안아지지 않는 거냐 울어버리는 내 모든 날을 샅샅이 알고 있어요.

샤프펜슬이 사라졌다는 사실을 알고, 나는 한동안 구부정한 자세로 걷는 사람이 됐습니다. 혹시나 바닥에서 찾게 되지 않을까 해서요. 하늘은 죽은 백합처럼 꺾인 내 목줄기를 기억할 겁니다. 잃어버린 것을 다시 찾기란 너무 어려운 일이라는 것을 알고, 젓가락질을 처음 배우듯 낯선 펜에 적응하는 연습을 했습니다.

나중에야 알았어요. 그것은 제 발로 사라진 것임을. 내게 다른 보라색을 안겨주기 위해서요. 그렇게, 어느 카페 책장에 비치된 당신의 시집을 읽게 됩니다.

『아버지는 나를 처제, 하고 불렀다』라니. 너무 슬퍼서 섬뜩한 제목이라 생각했습니다. 내 처지도 그랬거든요. 사랑하는 사람들에게 여러 이름으로 호명되었지만, 그들이 필요했던 건 내가 아니라 어떤 역할이었습니다. 혹은 그냥 불러볼 사람이 필요했고 마침 거기에 내가 있는 것일 뿐이었죠. 부모의 피가 아니라, 벽에 걸린 모자나 현관에 세워진 얇은 우산의 피를 물려받았다고 생각할 수밖에 없었습니다. 가만히 있으면 바닥으로 영혼이 툭 떨어지거나 모르는 새 넘어질 것 같았습니다.

시인의 이름도 잊은 채 시집을 읽기 시작했습니다. 읽는 내내 당신으로 보이는 화자의 자리를 꿰차 살고,

눈이 희미해진 귀신의 기억 속을 보는 듯 슬픈 가슴을 붙잡았습니다. 한 친구로부터 당신의 산문집도 추천받았지만 나는 찾지 않았습니다. 더 많이 알지 않더라도 우린 이미 시로 닿은 것 같았거든요.

선생님.

그때 내가 사랑했던 사람들은 물거품으로 사라진 인어공주를 닮았습니다. 나는 차라리 인어공주가 되고 싶은 왕자 역할이었고요. 그들은 자신의 병을 앓느라, 나를 오해하고 과한 기대를 걸고 탓하고 실망해 떠나려 했죠. 내 마음이 어떠한지 들어보려 하지도 않고서, 자기들이 먼저 아프고 먼저 울고 먼저 배신감을 느꼈습니다. 그러고선 허물 벗듯 자신의 삶에서 날 버려요. 버려진 사람은, 나중까지 아프고 나중까지 울고 나중에서야 배신감을 느껴야 하죠. 나 역시 고작 숨만 붙은 물거품일 뿐이었습니다.

이대로 죽고 싶지 않다는 생각이 들 때 당신을 찾아간 건 정말 잘한 일이었습니다. 그때 내 시를 보며 당신은 조마조마함을 느꼈다 그랬죠. 무엇이든 다 태워버릴 듯한 '화기'가 어려 있었다고요. 그러다 제풀에 지쳐 시를 못 쓰게 된 내 모습은 마치 자기 시에 화상을 입은 사람 같았다고요.

그랬는지도 모르죠. 마음 전체를 불살랐는지도 모릅니다. 사랑하는 사람들에게 품은 모든 사랑. 사랑해서 밉고 사랑해서 저주스럽고 사랑해서 비참하고 사랑해서 외롭고 사랑해서 무섭고 사랑해서 궁핍한, 그 원흉을 모조리 태워버리기 위해 썼을지도 모릅니다. 그때 쓴 시는 '말하기 위한 시'가 아니라 '지우기 위한 시'였을까요. 리셋을 위한 시. 영영 돌아오지 않을.

화마가 지나간 땅이 복구되려면 백 년의 시간도 부족하다는 말을 들은 적 있습니다. 살아 있는 동안은 내가 다시 온전해질 일이 없다는 뜻이죠. 참 위로가 됩니다. 마음 쏟을 건, 검은 흙을 비집고 돋아난 지독한 싹들이 무엇으로 자랄 수 있는지 상상하는 것뿐입니다. 이제 나는 완벽한 사랑을 위해 아프지 않아도 됩니다. 완벽한 시도 내가 생각할 문제가 아닙니다. 갈 수 있는 데까지만 갈래요.

오랜만에 다시 펼쳐본 당신 시집에서 내 것으로 보이는 머리카락 한 올이 스르륵 흘러 손 위로 앉았습니다. 언젠가 곁을 떠났던 사람들의 슬픈 팔을 닮았어요. 다시 부축하고 싶어요. 아무래도 당신을 만나면서, 굴의 입구를 막는 법이 아니라 넓히는 법을 배운 걸까요. 내 시 안에 많은 것들이 들어오고 있습니다. 비틀거리는 슬픔 외에도, 잘해주고 싶은 얼굴들이 자리를 청합니다. 또 사랑일까요.

'소란'스럽습니다. 모처럼 주변이 밝다고 생각합니다. 나는 이제 건강하다고, 쓸 수 있습니다. 거짓 없는 마음으로 또박또박. 당신도 당신의 빛에 기대어 건강하시기를. 당신이 기댄 빛에 내 사랑을 보탭니다.

자기만의 바닥

친구와 종종 휴대전화로 밤 늦게까지 수다를 떤다. 광주에 사는 목화와는 어떤 이야기든 길게 이어갈 수 있다. 스피커 모드를 켜놓고, 수학여행 첫날 밤이라도 되는 것마냥 끝도 없이 듣고 말한다. 나는 목화의 목소리를 들으며 빨래를 개기도 하고, 어질러진 책상을 정리하기도 하고, 택배 박스에서 배송 정보가 적힌 스티커를 떼어내 찢기도 한다. 그러다 자정이 넘으면 침대로 슬금슬금 기어간다.

스탠드 불빛이 스민 흰 천장을 바라보며, 우리가 나누는 지금 이 이야기들을 그림으로 그린다면 어떨까 생각해본다. 진로, 일, 연애, 의지하는 어른들, 성격 문제

등등 온갖 주제가 오갔으니 가능한 많은 컬러의 물감이 동원되겠지. 너무 많은 색이 섞여 블랙홀처럼 큰 검은 덩어리가 될지도 모른다. 그런데 그 몸집을 불린 캄캄한 덩어리가 갑자기 내 가슴팍으로 훅 떨어질 때가 있다. 심장 부근에 정확히 안착한다. 고양이가 날아든 것처럼. 그의 고민과 내 고민이 통할 때다.

우리는 '서울과 광주'라는 삼백 킬로미터가량의 물리적 거리가 무색하게 메신저로든 전화로든 매일 연락을 이어간다. 뭘 먹었는지, 누굴 만났는지, 주변에 어떤 이웃들이 있는지, 무슨 옷을 샀는지, 최근에 하고 있는 업무는 뭔지, 동네에 어떤 가게가 생겼는지 공유한다. 친자매끼리도 이렇게 사소한 것을 다 나누지는 않을 것 같다. 언제부터 이런 시답잖은 얘기가 끊이지 않았는지 우리 둘 다 기억하지 못할 정도로 오래된 습관이다. 당연해진 관계가 대개 그렇듯 별 감흥 없이 반복되는 대화가 무의미하게 느껴지는 순간도 있다. 그러니 탄력 없이 이어지는 무료한 말들이 갑자기 묵직해질 때 나는 숨을 깊게 들이쉴 수밖에 없다.

짐짓 무게를 잡았지만 고민이라 해서 특별할 건 없다. 잡다한 얘기를 쳐내고 나면 두 가지 정도가 남는다.

어떻게 벌어먹고 살아야 할까. 우리라는 인간은 대체 어떤 사람들일까.

기묘하게도, 그 고민을 읊는 순간은 전화 사이의 공기가 달라진다. 무대의 막이 새로 올라가듯 각자의 독백 타임으로 바뀐다. 그럴 때 나는 안방 천장 혹은 바깥이 보이지 않는 불투명 창문을 보며 말한다. 목화는 무엇을 응시하고 있을까. 가장 깊은 속내가 투영된 스크린이 펼쳐지고 있을 그 어딘가.

돈과 정체성. 평생 우리를 붙들고 놓아주지 않을 걱정거리겠지만, 목화와 나 사이에 난데없이 비집고 들어오는 진한 향수 냄새 같은 불안에 익숙해졌다. 익숙해졌다고 표현한 건 아주 중요한 포인트다.

이십대 초반, 서울 회기동에서 살 때 우리는 동네 친구였고, 틈만 나면 K대학교 정문 앞 한 카페에서 만났다. 둘 다 술을 못 마셔서 술집에 갈 일은 없었고, 그 당시 유행하던 귀여운 인형으로 가득한 인테리어의 카페에서 만났다. 그리고 배턴 터치라도 하듯 하루는 내가 울고 하루는 목화가 울었다. "내 시 이번에도 탈락했어." "회화 실기 평가 이번에도 망한 것 같아." 하며 눈물을 훔치던 우리를 카페 파트타이머는 무슨 생각을 하며 지켜봤을까. 그때 우리를 울렸던 고민들은 결코 가볍지 않았지만, 지금은 그런 문제로 울지 않는다. 자기 자신에 익숙해졌기 때문이다. 내면의 불안과 투쟁해야만 한 사람의 고유한 서사가 만들어진다는 걸 이젠 알고, "심심한 마음으로 환영한다. 다 받아들임." 하고 말할 수 있다.

나는 여태 시인이 되지 못했고 목화는 더 이상 그림을 그리지 않지만, 우리는 살아간다. 변변찮은 벌이로 변변찮은 자기 자신을 먹여 살리는 일은 변변찮은 게 아니니까, 잘 살고 있다고 봐야겠지.

이 무료한 대화도 사실 애써 가꾼 일상 위에서 펼쳐지는 것이다. 무료하다 하여 일상이 무력하진 않다. 불안이 우릴 잠식할 힘은 사실상 없다. 불안은 뿌리가 없으므로, 내 단단한 토양에 박힌 풀과 꽃 사이를 흘러 다닐 뿐이다. 이따금 부는 바람처럼.

"이제 남의 인정과 상관없이 내 시가 좋아. 나만의 토양이 된 것 같거든. 옛날엔 시가 너무 소중해서 양손으로 모시고 다녔는데, 손틈 사이로 놓친 시까지도 다 내 밑바닥이 된 것 같아. 어떤 식으로든 내가 착지하는 곳.

내 자신이 싫고, 사람들이 밉고, 돈에 질식당할 것 같아도, 엎어질 곳이 시라고 생각하면 든든해. 움켜쥐지 않아도 그냥 내 안에 있어."

나는 독백처럼 말했다. 전화 너머로 목화는 내게 다행이라고 말해주었다. 그에게도 그런 바닥이 있으면 좋겠다고 생각했다. 이미 있을 수도 있지만 그 바닥이 정말 단단하기를 바란다. 언제든 드러누울 수 있는, 그녀가 어떤 모습으로 돌아오든 활짝 열려 있는 따뜻한 밑. 자기만의 바닥이.

나는 잘 살고 싶을 때 산문을 쓴다

언제나 '나'보다 더 근사한 걸 해내고 싶었다. 시에서만 가능한 마법, 은유만이 해낼 수 있는 유혹적인 목소리를 갖고 싶어서 기를 쓰고 덤볐던 지난 몇 년의 시간이 증명한다. 그 시간이 아까워서라도 시 하나만 제대로 연마하고 싶었다. 집념도 재능이라면, 시에서만큼은 그 재능을 의심하지 않았다. 번번이 등단에 실패하면 결국 한 줄도 못 쓰게 되는 지경에 이를 수도 있단 걸, 그땐 알지 못했다.

몇 번을 확인하고 또 확인한 과제물을 제출했는데 단번에 퇴짜를 맞으면 무력감이 엄습한다. 주눅이 들기 시작했다. 힘차게 뻗어나가야 하는 글이 점점 가상의 심사위원 눈치를 본다. 영원한 즐거움이 되어주리라 기대했던 시가 부담스럽고 재미없는 무언가로 느껴지니, 겪어본 적 없는 마음이 무섭고 힘들었다. 그래서 한번은 모과 모임에 시를 내지 않고 산문 한 편을 들고 가기도 했다.

웬걸. 모과 친구들은 내 산문도 흥미롭게 읽어주었다. 고작 한 편을 놓고도, 저마다 관련된 자기 경험을 한참 떠들어대느라 합평인지 잡담인지 구분할 수 없는 화기애애한 시간을 보냈다. 그날 처음으로 시로든 산문으로든 나는 내 목소리를 사람들과 나누는 게 즐겁다는 것을 깨달았다.

언제 의기소침했었냐는 듯 요즘엔 산문도 즐거운 기분으로, 진지한 태도로 쓴다. 다시는 그때처럼 할 수 없다고 느껴질 정도로 미친듯이 쓰던 시기도 있었다. 주제도 다양했다. 유년, 사랑, 연대, 우정, 가족, 취향 등등. 내가 할 수 있는 온갖 이야기들을 다 끄집어냈다. '이러다 내 안에 있는 소재들이 다 고갈되는 거 아니야?' 하는 두려움이 불쑥 고개를 들 만큼 아낌없이. 얄팍함을 좀 마주하게 되면 어떤가. 그 얄팍함에 대해서도 쓰면 그만이다. 어기적거리며 쓰는 글도 쓰다 보면 나름 재미있다. 찌개도 생각 없이 막 끓인 투박한 찌개가 더 맛있던데, 산문도 그런 것일까?

'쓰는 감각' 자체에 대한 몰두. 좋은 작품을 써내야 한다는 마음이 아니라, 그냥 지면 위에 나를 흘려보내는 일.

산문 쓰기는 시 쓰기와 다르긴 달랐다. 사용하는 뇌의 영역도 다른 것 같다. 시와 비교하면 형식 면에서 훨씬 자유롭기 때문에 어떤 이야기를 해도 괜찮다고 허락받은 것처럼 기분 좋은 자신감이 붙는다. 아주 진지한 얘기를 하는 게 목적이라고 해도 중간에 웃긴 얘기를 해도 되고, 잔잔한 가운데 슬픔 몇 순갈을 뿌려대도 괜찮다. 하고 싶은 말이 생긴다면 그냥 해보는 것도 좋다. 궁극적으로 던지고자 하는 메시지만 놓치지 않는다면 들쭉날쭉한 생기가 오히려 글맛을 만들기도 한다.

내 이야기이니까 나를 믿고 가보는 거다. 문장에 리듬감이 따라붙는다. 말이 말을 데려오면서 글이 이어진다. '어디 한번 나도 말해볼게.' 하는 의지가 산문 쓰기에 필요한 거의 모든 것이라면, 그 시간은 수업 시간에 손을 드는 것과 유사한 정도의 용기가 필요하다.

존 버거의 소설『여기, 우리가 만나는 곳』에 인생에 대한 통찰을 정말 아름답게 표현한 대목이 있는데, 가만 보면 산문의 첫머리를 시작하는 마음가짐을 묘사한 것처럼 읽혀 놀랍다. 일부를 공유하면 다음과 같다.

저기 저 개는 줄이 너무 밭아. 그걸 바꿔봐, 길게 늘여보라고. 그러면 개는 그늘에 들어갈 수 있을 테고, 그러면 드러누워서 짖기를 멈추겠지. 그렇게 조용해지면 저 집의 어머니는 부엌에 카나리아 새장을 걸어놓고 싶었다는 게 기억날 거야. 카나리아가 노래를 불러주면 그녀는 다림질을 더 많이 할 수 있을 테고. 새로 다린 셔츠를 입고 출근하는 아버지의 어깨는 조금 덜 쑤시겠지. 그러니까 퇴근해서 집에 오면 예전에 그랬던 것처럼 십대인 딸과 가끔씩 농담을 할 거야. 그리고 딸은 큰맘 먹고 이번 한 번만 남자친구를 저녁식사 때 집에 데려가자고 결심할 거야. 그리고 아버지는 그 젊은 친구에게 언제 같이 낚시를 하러 가자고 할 테고…… 누가 알겠니? 그냥 줄을 길게 늘여보는 거야.○

○ 존 버거, 강수정 옮김,『여기, 우리가 만나는 곳』, 열화당, 2006

정리되지 않은 감정을 끌고 와도 괜찮다. 첫 문장이 관건이다. 다음은 의외로 쉽게, 생각지도 못했던 방향으로 풀릴 수도 있다. 일단 손 들고 일어나면 말을 좀 더듬더라도 무슨 얘기든 하게 되는 것처럼. 시만큼이나 산문 생각을 자주하게 되는 이유가 여기에 있다. 나는 잘 살고 싶을 때 산문을 쓴다. 나를 한번 믿어보고 싶을 때.

냉동실에서 버섯을 꺼낸다. 버섯을 넣은 된장국에 한창 빠져 지내는 중이다. 된장은 광주에서 넘어온 것. 텁텁하면서도 맛깔난 전라도식 된장이라, 한 숟가락 두 숟가락 사라지는 게 아깝다. 국을 끓이는 시간은 그리움의 시간이다. 그리고 자식이 되는 시간이다. 고춧가루와 청양고추를 아낌없이 뿌려 칼칼한 뒷맛을 내는 엄마의 스타일을 따라 해본다. 버섯이나 방앗잎 같은 채소를 듬뿍 넣는 아빠의 노하우도 흉내 낸다. 고슬밥과 함께 식탁 위에 차려진 버섯 된장국. 그 앞에서 나는 생각이 많아진다. 마음도 많아진다. 밥을 먹다 말고 핸드폰을 집어 든다. 표고버섯 일 킬로그램을 주문해 광주로 보내기 위해. 식사를 마치고 엄마 아빠에게 박스 잘 받으라고 전화해야지. 얼굴 근육이 벙글거린다. 다시 이어지는 달그락거리는 수저. 소리가 씩씩하다.

그냥 줄을 길게 늘여보는 거다. 마음 어딘가에 꼬여 있는 실타래의 끝을 잡아 당기다 보면 훌훌 풀어진다. 시든 산문이든, 난데없이 첫 문장 띄워 올리는 걸 잘하는 사람. '쓰는 감각'에 충실한 사람이 되고 싶다. 매일 그 시작을 응원한다는 명목으로 나에게 말을 건다. 훌훌 문장 안에서 내려앉고 날기를 반복하는 나비가 된다.

목소리로 술렁대는 펜촉. 이제 쓰자.

자기소개 싫어하는 사람의 자기소개

자기소개를 싫어합니다. '자기' 소개이면서, 나 아닌 것 같은 말투를 써가며 스스로를 설명해야 한다는 게 모순처럼 느껴지거든요. 내가 가진 목소리 중에서 가장 정제되고 친절한 톤으로 직업과 나이, 이름, 고향 등을 읊으며, 좋고도 매력적인 사람인 척해야 한다는 게 불편합니다.

어린 시절부터 자기소개를 마치고 나면 수치심과 허망함에 젖어 멍해지곤 했습니다. 온몸의 기운이 쭉 빠졌습니다. 붉고 상기된 얼굴로 또박또박 말을 마쳐놓고선, 갑자기 모든 것을 내려놓고 싶어지는 것이죠. 아무도 나를 찾지 않는 곳으로 숨고 싶었습니다. 전학 온 새

교실 낯선 친구들 앞에서 내 취미와 성격을 설명할 때, 대학 입시를 위한 준비 과정에서, 각종 대외활동을 하는 동안 한 번도 속이 후련했던 적이 없습니다.

소개의 자리마다 늘 똑같은 말을 했던 것 같은데요. 정확히 뭐라고 했는지는 하나도 생각나지 않습니다. 그만큼 '나'와는 먼 얘기만 떠들어댔기 때문이겠지요. 요즘의 나에 대해선 이렇게 말할 수 있으려나요?

안녕하세요, 고향은 부산이고 십대 시절은 광주에서 보낸 남도 출신 사람입니다. 대학에서 국어국문학을 전공했고, 지금은 어쩌다 보니 프리랜스 에디터로 살고 있습니다. 제가 요즘 하는 일은 모 인디 뮤지션 팀에서 콘텐츠 제작일을 돕고, 매거진 기사를 작성하기 위해 주기적으로 다양한 인터뷰와 취재를 하는 것입니다. 이외에도 종종 들어오는 외주 건으로 원고를 쓰고요. 다 쓰고 기획하는 일이네요. 사실 취미도 글쓰기입니다. 글을 읽고 쓰는 걸 참 좋아하죠. 예, 이런 사람입니다. 하하. 이상입니다, 감사합니다!

줄줄 하는 일만 읊으니 기괴하게 보이지 않나요? 재미도 없죠. 어쩌면 나는 이렇게 말을 했어야 할까요?

나는 사람이기보다는 까마귀 같습니다. 휙 성의 없이 날아가면서도 빛나는 것을 캐치할 수 있죠. 그리고 빛나는 것에 대한 욕심이 심합니다. 어떻게든 주워서 집구석에 차곡차곡 모아둡니다. 예쁜 쓰레기 산을 만드는 것이죠. 제 목표는 그 예쁜 쓰레기가 '물건'이 아니라 '문장이나 단어'로 이루어지는 것입니다. 삶이 그것들로 숨이 막혔으면 좋겠어요. 발에 차이고, 먼지가 쌓이고, 재미없는 걸레질처럼 여겨질 만큼요. 그래야 내가 그것으로 살았다고 할 수 있지 않겠어요?

솔직히 다른 꿈은 귀찮아요. 이상한 말이긴 합니다. 부러움을 사는 직장이나 큰돈에 관심이 없습니다. '나'라는 사람을 인간적으로는 좋아하지 않기 때문에 고급스러운 코트나 신발을 신겨줄 마음도 없고요. 오구오구 해주고 싶은 대상은 고양이뿐입니다. 그리고 지금까지 살아보니, 기절초풍할 정도로 맛있는 음식이나 놀라 자빠질 만큼 재미있는 일도 크게 없다는 것을 알겠더라고요. 있을지도 모르지만, 뭐든 적당한 걸 선호합니다. 삼삼하고 밍밍한 맛, 적당한 허무와 적당한 성취감으로 일구는 작은 하루. 그런 게 나랑 딱 맞습니다. 날뛰는 대지보다 고요한 대지에 발을 딛으며 살고 싶어요.

그래서 한때 여러분을 속였음을 밝힙니다. 마치 대단한 걸 이루고 싶어 하는 사람처럼 보이는 게 안전할 것 같았거든요. 간절한 마음이 내게도 있음을 증명해야 당신처럼 좋은 사람들 곁에 있을 수 있다고 생각했습니다. 하지만 나는 '그렇게 보이는 것'에 대한 욕망이나 '간절한 진심'을 위장하는 것이 나를 얼마나 망가뜨리는지 알게 되었습니다. 생긴 대로 살고 싶습니다. 구구절절한 설명 없이요.

그냥 숨 쉬듯 쓰는 글, 외로워서 구토하듯 쓰는 글, 홀로 배낭 메고 떠나듯 쓰는 글, 용기 없는 글, 뾰루지를 터뜨리듯 쓰는 글, 도마 위의 생선을 손질하듯 잔인하게 쓰는 글, 미안해서 웅얼거리는 글, 노래에 가까운 글, 환상에 젖어 쓰는 글 등을 만들며 예쁜 쓰레기 산을 만들고 싶습니다. 목소리를 한껏 가다듬은 글보다 지껄이는 글을 선호합니다.

그 쓰레기를 어떻게 처리할 건지는 생각 안 해봤습니다. 제 밥이 되면 좋기야 하겠으나 아니라 해도 뭐라도 되지 않겠습니까? 이러려고 태어났나 싶을 만큼 이것만 좋으니 어쩔 수 없고요. 재미없는 인생에서 어쩌다 반짝이는 빛을 찾아내면 나는 족합니다. 그것이 보석이 아니라 유리 조각이나 병뚜껑이어도 좋습니다. 정말로 흡족합니다. 맛있게 국을 끓여 며칠이고 먹는 것을 좋아하는데요. 마음에 쏙 드는 단어나 문장을 만나면 며칠이고 곱씹습니다. 단물이 다 빠지고, 무엇이 내 혀인지 알 수 없을 때까지요.

이렇게 보니, 별로 상대하고 싶지 않은 사람이네요. 나와 친구가 되어줄 기인이 몇이나 있을까 싶지만 서로 아무런 기대 없이, 소개 없이, 그냥 친구하는 것도 좋다면요. 합시다, 친구.

나도 당신의 이상한 점을 눈감아주겠습니다. 남들이 이해하지 못하는 당신의 지점, 그림자처럼 달라붙은 소중한 버릇을 잘 키워보세요. 나는 당신만큼 그것을 사랑할 자신도, 경험할 자신도 없습니다. 당신의 그늘에서 자라는 버섯은 당신만 맡을 수 있는 아주 향기로운 냄새를 뿜을 겁니다. 각자 자기 반짝이를 잘 챙깁시다. 그래야 모두가 행복한 겁니다.

쟁취하시기를. 숨이 막힐 정도로 가득, 당신의 삶을 손에 쥐어보시길. 또 만납시다. 충분히 즐기고, 한참 후에!

다음은 언제나 온다

다음은 언제 올까

시는 어느 날 왔다. 일기에 떨어진 눈물 자국보다 오래 피부에 눌러앉기로 작정한 병처럼. 내가 반할 만한 옷을 걸치고 왔다. 거부하기 힘들게.

너덜거리는 마음이 적힌 일기장은 내게도 있었다. 그 일기장이 내가 가진 가장 그럴싸한 것이었던 시절, 시가 잘 차려입은 내 모습을 하고 나타난 거다. 대접해주고 싶지 않겠는가? 나지만 '내가 아닌 나'. 아는 귀신을 만나면 이런 기분일지도 모르겠다. 홀연한 만남 이후로 마주치기만을 기다리게 되는.

나는 언제나 교복을 벗고 싶은 학생이었다. 누구보다 착실하게 긴 치마와 널널한 상의를 챙겨 입었지만, 이것들로부터 벗어나 성인이 되는 날을 집요하게 갈망했다. 스무 살이 되는 날 '다시 태어날 거야!'라고 외치는 촌스러운 짓을 할 건 아니었다. 다만 사사건건 간섭하기를 좋아하는 어른들의 입술이 싫었다. 그 입술에서 튀는 침은 내 피부에 스며 내장 깊숙이 침투할 것만 같이 지독하게 느껴졌다.

대외적으로 착한 아이니까, 속내, 적의로 뒤틀린 검은 내장은 오직 나만이 봐야 한다. 긴 치마 속에 가려진 다리가 어디를 향해 꿈틀거리는지 나만 알아야 한다. 아무도 몰라야 나는 자유롭게 일그러질 수 있을 테고, 어지러운 세상에서 겨우 지켜낸 어둠은 내 유일한 숨구멍이 되어줄 것이다.

얌전하게 앉아 이름표가 붙은 책상을 보며 딴생각을 하는 여자애. 거짓말이나 빈말을 잘 못해 바보같이 웃거나 침묵을 일관하는 애. 침묵이야말로, 진실의 숙인 정수리라는 것을 잘 알고 있는 약은 애. 이런 애가 되고 싶었던 건 아니었다. 그런데 그렇게 흘러가는 인생도 있다.

어른들과 또래 친구들은 내 정숙하고도 바른 자태를

칭찬하고 동경했다. 그들의 선하고도 질투 섞인 눈빛은 모범생의 일기장 안에서 오랜 비웃음거리였다. 나는 일기가 두꺼워질수록 그들처럼 적당히 착하고 적당히 못난 사람으로 살 순 없을 거라는 이상한 확신이 들었다. 그 확신이 너무 선명한 날에는, 남들과 다른 인생을 간절히 원함에도 불구하고, 가질 수 없는 것을 갖지 못해 차라리 미움을 품기로 한 사람처럼 슬펐다. 울고 나면 늘 자존심이 상했다.

시는 그 슬픔을 파고드는 구원의 빛이었다. 부모님은 책상에 앉아 얌전히 공부하는 줄로만 알았겠지. 한밤중 스탠드 불빛이 나를 이끈 곳은 문제집이 아니라 아무도 보지 못하는 일기장이었다. 어느 순간 나는 매일의 기록이 아니라 시를 의식하며 쓰고 있었다. 어떤 말투로 쓸까, 어떻게 끝맺음을 할까, 어떻게 말문을 틀까.

아무도 보지 않기 때문에, 어른들과 친구들의 눈빛과 말소리가 전혀 끼어들 수 없기 때문에, 한 줄 한 줄은 반드시 독보적인 것이 되어야 했다. 훼손되지 않고 오롯하게 아름다운 것!

내가 진심을 다해 순종적으로 바뀌는 유일한 시간. 시의 목소리가 손끝을 통과해 흘러가고 나타났다가 퇴장하는 시간. 나는 백지가 되어주며 시가 증식하기 좋은 자세를 취한다. 페트리 디시처럼 납작해진다.

밤마다 숨죽이며 쓴 말이 '시'라는 것은 한참 후에 깨달았다. 시인들은 다 이렇게 이상하게 말하는 이라는 것을 알게 됐을 때의 전율이란. 이렇게라도 말하지 않으면 안 되는 사람들이 존재하다니. 피부에 스며든 생경한 감각을 포기하지 않으면서도, 착한 아이 역할도 놓치지 않기 위해 나는 더욱 바쁘고 음흉한 학생이 됐다. 기꺼운 날들이었다. 시인이 되고 싶었다. 내가 음침하기만 한 사람으로 남지 않을 수 있는 길을 발견했는데, 기쁠 수밖에!

성인이 되어서부터는 제멋에 겨워 써댔다. 이제 날 막을 수 있는 건 없다 여겼다. 어깨에 힘이 들어가고 목소리가 과장된다. 그땐 몰랐다. 그런 열정은, 그토록 입기 싫어한 '교복'을 시에 입혀댄 거나 다름 없는 것이었음을.

가르쳐주지 않아도 알아서 걷고 뛰던 시가 시인이 되기 위한 교복을 입더니 갑자기 차렷 열중쉬어의 명령어에 경직되기 시작한다. 잘 쓰는 사람, 이미 시인이 된 사람들을 질투하며 진실된 음성은 토끼똥처럼 찔끔찔끔 녹이고, 사람들이 '시적이다'고 생각할 만한 무언가를 지면에 들고 오며 눈속임했다. 십대 때도 하지 않았던 빈말과 거짓 시늉을 아무렇지도 않게 했다.

홍대 밤거리에 즐비한 가래침 신세나 다름없는 시들이었다. 퉤퉤 싸질러진 시. 밝은 눈을 가진 누군가에게 비웃음 당하기만 할 운명인.

당시에 쓴 것들을 읽는 시간은 정말 곤혹스럽다. 얄팍한 수를 쓴 흔적들이 보이면 내 머리통을 한 대(아니, 할 수 있는 한 여러 대) 쥐어박고 싶다. 그러나 다 패고 나서는, 그 매력 없는 것을 꼭 한번 안아주고 싶다. 그때의 시는 그때의 나와 닮았다. 타인에게 속마음을 말하려면 한평생 써야 할 것 같아 매일 밤 끊어 울던 나랑. 양심 없는 시라는 뜻이겠지. 자기 자신을 가눌 힘이 없어 그럴듯해 보이는 것에 의지해놓고선 자신의 고통이 돋보이는 줄 아는 시.

매해 겨울이 오면 우체국으로 달려가 신춘문예에 투고했다. 형편없어도 시가 자주 찾아오면 시인이 될 수 있다고 믿었던 걸까? 허송세월도 그런 허송세월이 없다. 신춘문예를 위해 봄여름가을을 살았던 것 같다. 시

그리고 다음 시. 사랑 그리고 또 사랑. 실망 그리고 다시 실망.

언제나 그다음이 왔고, 나는 그다음, 그다음의 다음, 다다음이 와도 시인이 되지 못했다. 시인이 되지 못한 채 사회에 나가는 건 계획에 없었는데. 스물다섯이 되기 전에 시인이 되고 싶었는데.

어떤 고통은 흉터를 보고 나서야 찾아온다. 그동안 시가 내 몸에 낸 길. 내가 시에 입힌 갑갑한 옷. 서로에게 낸 붉고 진한 손톱자국을 보고야 말았다. 외가댁 밭두렁 옆에서 배가 터진 채 말라 죽어가던 뱀이 떠올랐다. 징그러운 젊음이 그렇게 볕에 소각되어버리면 좋겠다고 생각했다.

나는 시를 이기는 유일한 방법을 알고 있었다. 쓰지 않는 것이다.

다음은 언제나 온다

쓰지 않는 삶은 살아본 적 없는 삶처럼 아득했지만, 아득한 삶을 택하는 것밖에는 길이 없었다. 말했듯이,

그렇게 흘러가는 인생도 있다.

흘러가는 대로 시간에 몸을 맡겼고 비로소 교복이 아닌 다른 옷도 입으며 살고 있다. 대학을 졸업하고 프리랜서로 살면서부터는 나를 가르치려드는 어른이나 상사가 없으므로 줄기차게 미워할 대상이 사라졌다. 욕한 번이면 미움도 사라졌다. 시도 곁에 없으니 끔찍이 사랑할 대상도 보이지 않는다. 정욕으로 부글대던 검은 내장은 점점 깨끗하게 비워지기 시작했다.

벗어나고 싶은 것도 손에 쥐고 싶은 것도 없이, 아무것도 원하지 않은 채 인생을 가벼이 여겼다. 모든 것을 잃고도 깨달은 게 없으므로 삶은 가벼운 것이어야 했다. 밥벌이를 위해 궁색한 빈말을 아끼지 않았고, '척'하는 말들을 육성으로 문자로 뱉으면서도 내 꼴이 그다지 우습지 않았다. 상황을 나쁘게 만들지 않기 위한 것이라면 거짓말도 꽤 할 만한 짓이었다. 나는 드디어 내가 어른이 되고 있다고 생각했다.

정말로 그렇다고 생각했다. 그러나 생각이라는 건 인간의 생과 마찬가지로, 종국엔 무너지기 위해 잠시 스쳐가는 무엇인 것일까. 절대 섞일 수 없는 남이라고 여겼던 자들과 소통하고, 그들에게서 돈을 받고 그들을 위해 돈을 쓰고, 인정받고 버림받고, 응원하고 저주하고, 그것이 몸에 익어 살 만한 삶을 살고 있었는데. 갑자기 무너진다. 지진의 날처럼.

어느 날 나는 책상에 또 앉아 있었다. 울고 있었다. 무언가를 쓰기 위해서. 이번엔 자존심이 상하지 않았다. 애원하듯이 썼다. 바로 시가 되진 않았고, 역시나 나중에야 알았지만 '진짜 일기'가 시작되고 있었다.

일기를 쓰며, 나는 아무것도 갈망하지 않는 나를 갈망한다는 것을 깨달았다. 그저 좋은 기대감만을 가진 채 살아보고 싶다고, 얼굴에 멋대로 튄 침방울처럼 삶에 들이친 사람들에게도 실은 많이 의지하고 있다고, 그럼에도 한편으로는 내가 중심을 잃지 않게 나만의 무게를 가질 수 있도록 해달라고 빌고 있었다. 지난한 기도는 점점 간결해졌고, 그것은 다시 시의 얼굴로 돌아왔다.

시와 멀어졌던 시간은 내 인생에 있어 '후미에의 시간'이었을지도 모른다. 일본 에도 시대, 크리스천을 색출하는 방법으로 어느 관리가 사람들로 하여금 후미에(예수상이나 마리아상이 새겨진 동판)를 밟게 만든 것처럼, 살기 위해서 나도 내 인생의 후미에를 밟아 건넌 것이다. 흙발로 소중한 것을 밟아본 사람만이 실감한다.

수수께끼라 여겼던 사랑의 몸집을.

자기경멸과 죄의식, 슬픔과 무력과 희망을 건넜다. 마음은 다시 고요해졌고, 가벼운 마음으로 시를 쓰고 있다. 등단 이후의 삶을 전처럼 갈망하지 않게 되었다.

지금은 그저 쓸 뿐이고 그걸 좋아하기로 한다. 후미에를 밟고 건넜다 하여 길이 거기서 끊어진 것은 아니듯 다음은 언제나 온다. 한 편, 두 편, 세 편. 다음 시가 오듯이.

쌓인 것들을 모아 시집을 낼 수도 있으려나. 시집을 내면 시인이 될 수 있으려나. 그러나 그때도 나는 계속 '지망인'이기로. 시와 그다음 시 사이에서 기다리는 지망인. 늘 다음 시가 목표인 지망인.

내 삶의 자리를 찾았다. 이 잠자코의 시간. 평온한가 물어온다면, 그렇다.

불어오는 다음의 바람결이 달고 서늘하고 아름답다. 탐하지 않고도 삶에 들어찬 것들에게 사랑이 인다. 그것만으로도 미소나 눈물을 지을 수 있다면, 그것만 가지고도 쓸 자격이 있는 사람이라고 믿는다.

나는 지망인이다. 어떤 옷도 입지 않고 헐벗은 상태로 자유롭다.

이상한 우리를 위하여

동생은 중학생 때까지 공부를 곧잘 하는 학생이었다. 그냥 잘하는 정도가 아니었다. 교과서를 뚫고 들어갈 기세로 했다. 가령 수학 공부를 한다 치면, 걔는 어떤 가설이나 공식을 만든 수학자 개인의 역사까지 탐구해야만 직성이 풀리는 녀석이었다. 김씨 가문에서 큰 인물이 난다면, 나는 진심으로 그게 우리집 막둥이가 될 거라 생각했다. (지금도 그 생각엔 변함이 없다.)

녀석은 독학으로 전교 일등을 할 만큼 지독하게 공부를 사랑했고, 그만큼 진로에 대한 고민도 진득했다. 그러나 자신이 무엇이 될 수 있는지에 대해서는 좀처럼 확신이 없어 보였다. 잘하는 것이 뭔지 모르겠다는 것이다. 평범하기 그지없는 나로선 기만당하는 기분만 들었다. 하루빨리 저 푸념을 그만두고 늘 그랬듯 알아서 탄탄대로를 걷기를 기원했다.

내 바람과는 다르게 동생은 인문계 고등학교 진학을 앞두고 더 침울해졌다. 심각성을 인지한 나는 내 코도 석자인 주제에 누나 노릇을 하고 싶었는지, 덩달아 진지한 얼굴로 물었다.

"네가 가장 오랫동안 좋아한 게 뭐야?"

"상상하는 거."

천체 과학이나 수학, 외국어 같은 대답이 돌아올 거라 기대했다. '상상'이라니. 그날 처음으로 녀석의 머릿속에 아주 오랜 세월 꿈틀대며 확장해온 세계가 있다는 것을 발견했다. 동생이 공부를 열심히 하고 잡다한 지식까지 마구잡이로 흡수한 이유도 자신의 세계를 더 풍부하고 구체적으로 만들기 위함이었다. 아주 어릴 때부터 별의별 주제의 이야기를 짜고, 그것을 은밀하게 즐겼다는 것이다. 상상력을 발휘하는 게 직업이 될 수 있다는 생각을 전혀 못했단다.

신대륙을 발견한 것처럼 내 가슴이 두근거렸다. 녀석

이 기계적으로 공부만 하는 샌님이 아니었다니. 적극적으로 응원하고 싶었다. 너는 무엇이든 될 수 있어! 상상력이 밥 먹여주는 시대는 이미 도래했어!

그날을 기점으로 엄마는 나를 잠시 원망했다. 고민 좀 들어주라고 맡겨놨더니, 대체 동생 마음에 무슨 바람을 들게 만든 거냐는 것이다. 녀석은 애니메이션 감독이라는 희망을 찾은 대신 기존의 삶에 불성실해졌다. 고삐 풀린 꿈의 격동에 완전히 매료되었겠지. 고등학교 입학 원서를 작성할 때도 인문계 중에서도 가장 학업에 대한 관리가 소홀하다는 곳들 위주로 써냈다. 물론 그 소문은 소문에 불과했고, 비참할 정도로 예체능을 억압하고 무시하는 집단이라는 것이 동생의 극심한 우울증으로 드러났다.

녀석에게 멋대로 희망을 심어준 대가로 녀석이 절망과 무력감에 빠지는 모습을 지켜보는 벌을 받게 되었다. 나조차도 등단에 연달아 실패하고, 창작 수업에서 "너 착하지? 착해빠진 시는 매력 없다."는 소리를 듣고 완전히 나가떨어져버린 상태였다. 애쓰지 말고 그쯤에서 그만하라는 소리였다.

우리 남매는 '무엇이든 될 수 있는 세상'에 대한 깊은 회의에 젖고 말았다. 무엇이든 될 수 있는 세상이라 하더라도, 그게 꿈만으로 가능한지는 확신할 수 없었다.

동생의 절망을 이해할 수 있었다. 시인이 아니면 나는 무엇이 될 수 있는가. 여기에 대한 대답을 한 번도 생각해본 적 없었는데, 시가 아닌 다른 걸로 벌어먹고 살아야 한다. 궁지에 몰렸다. 관성에서 벗어나긴 힘들 것이기에 나는 살던 대로 살 수밖에 없고, 사회로 나가자마자 도태되어 망할 것이라는 생각밖에 들지 않았다. 꿈을 내려놓으려니 수족이 잘리는 기분이었다. 녀석도 그랬을 것이다. 무엇이 될지 알 수 없는 싹은 뽑아내고, 폭력을 휘둘러서라도 땅을 점거해 모두가 아는 작물을 심으려 드는 어른들이 얼마나 미웠을까.

나는 지금도 남들이 모르는 시를 쓰고, 어째서인지 아직 망하지 않았다. 정확히 말하면 망하지 않기 위해 노력한 것이 수포로 돌아가지 않았다. 평범한 직장생활은 힘들 것 같아 진작에 취업을 포기한 후부터는 글쓰기와 상상력이 필요한 어떤 일이든 하게 됐다. "다 먹고 살기 위해서 그런 거 아니겠어요?"라고 남들에겐 편하게 말했지만, 그 이유만은 아니었다.

좋아하는 것을 계속 좋아하면서도 세상에 지지 않을 수 있다는 것을 확인해야만 했다. 시를 흠모하여 시로 다져진 내 감각이 무엇으로든 세상에 쓰일 수 있음을, 그것으로도 이 한 몸을 지탱할 수 있음을 보여주고 싶었다. 시들어가는 녀석에게.

에세이, 인터뷰를 비롯한 잡지 기사, 주얼리나 향기 제품 설명글, 책 큐레이션 등. 시로 터득한 나만의 화법과 관점으로 일을 해나갔고, 차츰 나를 궁금해하는 사람들이 생겨났다. 이렇게 살고도 여태 굶어 죽지 않은 이유다. 사부작사부작 다양한 작업을 했고, 대단히 벌지는 못했다. 하지만 내게는 버티는 힘이 존재한다. 그 사실만으로 자긍심을 되찾고 감사한 마음으로 일할 수 있다. 일은 일이고 시는 시니까. 시인은 어떤 상태일 뿐 직업을 뜻하지 않는다는 것을 깨달은 후부터 나는 내 시를 먹여 살리기 위해 일하는 몸으로 전환되었다.

내가 괜찮아지는 동안 동생도 동생만의 싸움을 이어나갔다. 고등학교를 자퇴한 후, 여러 언어권의 애니메이션을 접하고, 영어를 비롯한 다양한 외국어를 공부하고, 시나리오를 작성하고, 자기만의 그림체를 연구하고, 쓰러지지 않기 위해 성경을 독파했다.

상상하는 것. 어쩌면 상상력이 밥 먹여준다는 말은 틀렸을지도 모른다. 상상력은 밥 대신 미래를 짓는다. 오늘이라는 토양 위에 내일의 태양빛을 불러오도록 한다. 그 빛의 아름다움을 보도록 한다. 그리하여 살게끔 한다. 이야기를 사랑하는 사람들은 죽지 않는다. 자기 자신에게 연루된 다음을 봐야 하기 때문이다. 다가오는 것들이 예상한 모습을 하고 있지 않더라도, 그것이 끝이 아님을 우리는 안다. 이어지는 삶은 우리가 이어갈 삶이기도 하다는 것을, 이야기는 그렇게 쓰여진다는 것을 망각할 리 없다.

여기, 상상하기를 좋아하는 이상한 남매는 이상하게 흘러가는 인생을 위해 오늘도 밤새 쓴다. 이상한 이야기를 우리의 이야기로 기록해본다. 무엇으로든, 되어가기 위하여.

게으른 할머니가 되는 게 꿈

누가 들으면 "에이, 그게 뭐야!" 할 법한 작은 행복. 그런 걸 많이 갖고 싶다. "에이, 그게 뭐야!" 핀잔하던 사람이 "아니, 그건 또 뭐야?" 하며 황당하다는 듯 내게 깔깔 웃어주었으면 좋겠다.

잡동사니 행복이 가득찬 도라에몽 주머니를 만들어야 할 판이다. 너무 작아서 하찮게도 보이지만 소금처럼 우직하게 자신의 몫을 행하는 행복. 가성비 좋은 기쁨을 찾느라 나는 자주 두리번거리고 골똘해진다. 볼품없는 것도 자세히 봐주면, 눈을 반짝이며 말을 건다는 것을 아는가. 애, 세상엔 나 같은 빛도 있어!

그런 기쁨은 유행과 관련 없다. 재물과도 상관없다.

남들이 멋있다고 공인하는 사회적 기준과는 가까운 것 같지 않다. 예를 들면 이런 것이다. 나는 카페인에 약한 사람이라 커피를 잘 마시지 못한다. 그러나 이따금 마신다. 너무 졸리거나 그 맛이 간절할 정도로 당길 때. 카페 사장님께 연한 라테를 부탁드리고, 밍밍한 커피를 꿀물이라도 되는 듯 삼킨다. 완벽한 커피가 주는 쾌감을 모르는 사람으로서 '마셨다'라는 충족감만으로도 행복하다. 소량의 카페인 섭취로 가슴이 두근거리고 속이 울렁거려도 싫지 않은 이유다. '오, 오늘 커피 마셨다!' 하며 헤실거리는 것. 속없는 웃음의 순간. 그런 게 좋다.

시심(詩心)의 움직임을 느낄 때마다 즐겁다. 기꺼이 움직이는 방향으로 몸을 틀어 길을 내주고 싶다. 바쁜 일과를 마치고 지친 몸을 책상으로 끌고 오면 흐려진 의식이 깜빡깜빡 빠른 속도로 돌아온다. 백지 위로 점프하자 물 만난 물고기처럼 깊은 곳으로 더 깊은 곳으로 처박힌다. 누가 보는 춤도 아닌데 목을 한껏 빼고 과장된 춤을 추는 광대의 기분을 상상해보자. 나만을 위한 시. 아니, 시를 위한 유일한 나! 독자도 없는데 이게 무슨 의미가 있는지 모르겠지만 설명하기 힘든 즐거움이 있다는 것을 믿어주면 좋겠다. 내가 나라는 사실이 반가운 몇 안 되는, 의기양양한 때다.

이것 말고도 나를 기쁘게 하는 건 많다. 배달 음식에 의지하지 않고 냉장고 속 남은 식재료를 꺼내 한 끼 후딱 만들었을 때. 본가에 갈 때마다 덮고 자는 촌스러운 사슴 무늬 이불에서 아빠의 낮잠 냄새가 날 때. 마찬가지로 아직 팬을 갖지 못한 동생의 글과 그림이 내게도 와닿을 때. 발에 딱 맞는 운동화를 찾았을 때. 인터뷰이와 일 얘기보다 잡담을 더 많이 할 때. 맛있는 과자를 알게 됐을 때. 버스에서 내 앞자리에 앉은 아기와 눈인사를 할 때.

그런 행복은 귀여운 새와 눈이 마주치는 것만큼 짜릿하다. 안녕. 이리 온. 우쭈쭈. 내 일상은 그런 순간들을 위해 흐르길 바란다.

쉽게 구할 수 있는 작은 행복에 대한 집착은 그리 오래되지 않았다. SNS와 유명 브랜드, 최신 잡지가 보여주는 수많은 정보 속에서 이따금 외로움에 사무치곤 했다. 저 이미지를 추구하는 사람이 되어야만, 저 근사함에 부합하는 취향을 갖춰야만, '나의 괜찮음'을 증명할 수 있을 것 같아서. 괜찮은 사람이어야만 멋진 대화에

길 수 있을 것 같아서. 둔감하고 사리에 어두운, 아무것도 되지 못한 사람이 될까 봐 무서웠다.

게다가 내 직업은 글쟁이이기 이전에 에디터. '좋은 것'을 안내하고, 누군가 그것을 알게 되었을 때 어떤 이득을 얻게 되는지 잘 설명하여 유혹할 수 있어야 한다. 수시로 좋아하는 것들을 검열했다. 볼품없어 보이면 안 되니까. 내가 좋아하는 것을 사람들도 흥미롭게 여기길 바랐지만, 뜻대로 되지 않을 때 실망했다. 연거푸 실패하는 등단마저 내 초라함의 증거인 것 같아 언제나 숨 막혔고, 마음은 조급해지기만 했다.

하지만 이젠 안다. 행복의 기준을 자기 자신이 세운다면 어떤 거절과 실패 앞에서도 나는 부정당하지 않을 수 있다. 스스로 확보한 작은 행복만큼 나의 아웃라인은 선명해진다. 외부의 평가나 자극에 휩쓸리지 않고, 어떤 사회적 강요에 복종하지 않고, 순수하게 뻗어나가는 기호와 기쁨을 키우는 게 가능하다. 누구와도 다른 나만의 목소리는 그렇게 빚어진다.

몇몇 브랜드의 이름을 알지 못해도, 신상 카페를 체험하러 다니지 않아도, 주목할 만한 인물이 되지 못해도, 최신 이슈에 무감해도, 기민한 미감이나 센스 있는 패션 감각을 갖추지 못해도, 고급 와인 맛을 잘 몰라도, 집이 근사하지 않아도, 좋은 가구가 뭔지 구분할 수 없어도, 지방에 살아도 행복할 수 있다. 우리는 행복을 증명할 이유도, 행복하기 위해 앞장설 필요도 없다. 그냥 살면 된다. 자기 자신에게 좋은 방식으로.

언젠가 애인에게 이런 말을 하고 스스로 놀랐다. "게으른 할머니가 되는 게 꿈이야. 그때도 열심히 글을 쓰고 싶진 않아. 그땐 안 써도 흡족한 날이 많았으면 좋겠어. 아주 사소한 걸로도 하루를 충만하게 보내서, 글 따위에 시간을 쓰는 게 아깝게 느껴질 만큼. 다른 흥미로운 일 하느라 마감일 같은 건 미룰 수 있을 때까지 미루는 할머니가 되고 싶어. '아이고, 고양이랑 나란히 앉아 어항을 바라보는 게 너무 즐거워서 그만 저녁을 다 보내버렸지 뭐예요?' 그런 말을 뱉고 입술을 오므리며 비밀스럽게 웃는 할머니."

소망을 뱉고 후련했다. 그런 사람이 되어도 괜찮겠다는 확신이 들었다. 사랑하는 이들에게 장난스러운 쪽지를 남기고, 짧은 일기에 만족하고, 어쩌다 쓴 시가 끝장나게 좋고, 장 볼 때 구매리스트를 잘 쓰는 할머니. 그런 것 말고는 사리에 어두워 질문이 많은 할머니.

글을 쓰지 않고도 글처럼 살 수 있기를 바라는 마음. 이 정도의 맹랑한 기대는 품어도 될 것 같다.

행복이 안내하는 길은 즐거우리. 내가 디딘 땅에서 가장 낮게 떠 있는 친절한 새이므로.

겨울에 기록한 것들

'겨울'은 혼자 서성이며 접어든 추운 비탈길이다. 좁은 보폭으로 한 발 한 발 조심스럽게 나아가는 모든 지점에 겨울이 있다. 자기 안의 땔감을 연소시키며 작은 불씨 속 환상을 향해 걸어가는 시간, 기울어짐의 시간.

나는 언제든 겨울로 갈 수 있다. 한여름 밤 성산대교 불빛을 바라보면서도, 천따라 흐드러진 벚꽃을 구경하면서도, 마을버스를 타면서도, 퇴근 시간까지 다 마시지 못한 아이스 라테를 정리하면서도, 사랑하는 이들의 슬픈 이야기를 들으면서도, 나는 비척비척 겨울로 접어든다.

겨울에 태어난 사람이라 날 때부터 찬바람을 품고 태어난 것일까. 벽과 창문 사이로 스미는 추위가 내 코끝에 대롱대롱 매달려 있다. 수시로 찾아오는 이상 기온은 보이고 들리는 모든 말의 표면에 얇은 얼음막을 씌운다. 아주 흔한 일상도 스노볼 속 세상처럼 볼록하고 투명한 빛을 갖도록. 나는 그 소스라치는 차가운 기운에 매료된다. 하던 일을 중단하고 추위에만 몰두할 정도로.

슬그머니 피부를 덮는 계절, 겨울을 불러들이는 가장 쉬운 방법은 해가 지는 타이밍에 맞춰 집 안 모든 불을 끄고 낮은 조도의 스탠드만 밝혀두는 것이다. 그리고 서재 의자에 앉아 어둠이 내려앉는 과정을 지켜보면 된다. 회사원의 핸드폰에서 흘러나오는 게임 방송 소리, 저녁 찬거리를 위해 장을 보고 집으로 돌아가는 여자의 발소리, 개와 산책하는 아저씨가 들고 다니는 배변봉투의 바스락거림, 쓰레기를 수거해가는 차량의 소음. 모든 소리를 걷어내며 겨울은 온다.

서재 창문에 저녁의 파란 손자국들이 덕지덕지 묻고, 소란한 마음의 소리만이 웅성일 때. 사람은 미지의 상황에 점령당하도록 몸을 내맡기고 싶기도 한다. 나는 그렇게 혼자, 혼잣말을 배웠다. 무엇이든 말하게 하는 추위를 통과하며 말이 쏟아진다. 장기의 떨림을 고스란히 품은 말이.

빙판 : 납작한 오르막길

철새 : 매해 같은 시간에 올리는 아멘

함박눈 : 당신을 알아본 구름 떼

목도리 : 목을 기르는 화분

외투 : 당신을 보러 가고픈 여러 벌의 나

입김 : 한숨의 드라이브

싸라기눈 : 내게 뿌려지는 소금

포장마차 : 어른들을 위한 인디언텐트

'겨울'은 실제 겨울조차 낯선 풍경으로 보여준다. 딴소리, 헛소리, 덧없는 소리, 알다가도 모를 소리의 리스트는 끝없이 길어질 수 있다. 이런 단어들이 모인 내 메모장, 은유 사전이 눈덩이처럼 불어난다. 얼마간은 저 낯선 소리들을 진실로 믿는다. 사전이 두꺼워질수록, 내가 가늠할 수 없었던 세상의 거대한 슬픔이나 행운을 가늠해보는 용기도 얻을 것이다.

아직은 자그마한 기척, 착각일지도 모르는 미동에 얼어붙을 만큼 나는 작다. 좁은 겨울 속에 머문다. 그러나 겨울은 불어나고 사그라들기를 반복하며 거미줄처럼 확장되고 있다.

경험할 수 있는 모든 겨울을 다 겪고 싶다. 후우. 종이 위에 깊은 숨을 불어보고 싶어진다. 곱씹고 곱씹은 말을 가장 뜨거운 숨 위에, 쓰고 또 쓰고 싶다.

친구의 친구를 위해

싱그럽던 열매도 쉬이 검고 쪼글쪼글하게 마르는 법. 그 열매에 정성을 쏟아 시큼한 살집을 만들고 씨앗이 퍼지게 하는 건, 글의 영역이 아니라 결국 삶의 영역이다.

어떻게 사느냐에 따라 글은 단발적인 외침으로 남을 수도 있고 길게 이어지는 노래가 될 수도 있다. 그러니까, 나는 '내 삶을 응원하고 싶어서' 쓴다고 할 수 있겠다. 분발해, 친구야. 아쉽지만 이쯤 하면 됐어, 친구야. 다음엔 더 헌신하자, 친구야. 조금은 천천히 생각해보자, 친구야. 그 사람에게 사랑한다고 말해주렴, 친구야. 편지를 쓰듯이.

편지는 특정 대상을 위한 내밀하고 좁은 글이다. 구체적인 사연과 꾹꾹 눌러 담은 감정이 들어차 있어서 편지를 보내고 난 다음에도 일렁이는 여운에 몸을 맡겨야만 한다. 산문을 나 자신에게로 향하는 또 다른 형태의 우편물이라고 생각하면, 좋은 걸 주고 싶어진다. 타인에겐 100을 보내도 100으로 가닿지 못한다는 것을 알지만, 나에겐 정확한 메시지를 보내는 게 가능하니까. 그러니 반드시 좋은 것이어야 했다. 유리알처럼 속이 훤히 보이는, 내숭 떨지 않는 섬세한 진심만이 지면에 올라갈 자격이 있다.

오해를 풀기 위해 애써야 하는 친구를 생각하며 쪽지를 쓰듯, 산문은 부끄러울 만큼 투명한 말에게만 자리를 내어줘야 한다. 그 화해의 과정에서 나는 늘 비슷한 결론에 도달했던 것 같다. (매번 같은 결론을 내려고 부단히 노력했던 것 같기도.)

미흡했지만, 포기하지 않기를 잘했어.

앞으로도 쉽지 않겠지만, 지금을 기억해.

기나긴 편지를 한 통 보내고 나면 후련하다. 좋은 사람이 되지는 못하고, 애쓰는 사람으로는 남을 수 있다는 합리화에 안심하는 사람처럼 보이려나. 그러나 그렇게 쌓인 합리화는 점점 나와의 약속이 되어가기도 한다. 언약은 어느 날 갑자기 맺어지는 것이 아니다. 거듭되는 결심, '다른 것을 놓쳐도 이것을 선택하는 인간'으로 남겠다는 의지의 집합이다.

그 정도의 언약은 모두에게 있을 것이다. 일기장이나 SNS나 속으로 삼킨 말들의 무덤 안에 반드시 있다.

내 곁을 스친 많은 친구들이 떠오른다. 미안한 사람, 이젠 곁에 없는 사람, 딱 한 번 만난 사람, 오래 미워했던 사람, 매일 보는 사람, 너무 감사한 사람. 단 몇 분이었을지라도 삶을 들쑤셨던 만남들까지. 나빴든 좋았든 모든 관계는 서로를 찌르는 투명한 칼이다. 생선 비늘 같은 질감으로 견고하게 새살 돋은 자리를 보면, 또렷하고 흐릿한 모든 얼굴이 두둥실 떠오른다. 그 얼굴들을 세며 나는 To와 From의 거리를 계속 가늠한다.

모두들 잘 지내고 있을까. 모두들 자기 자신의 언약을 지키며 잘 살고 있을까.

나는 이상한 포인트에서 용기를 내는 사람이다. 진짜 씩씩하고 용감해야 할 때는 몸을 사리다가, 굳이 그럴 필요 없는 순간에 앞으로 나아간다. 어리석고, 줏대 없이 제멋에 취한다는 소리다. 그래서 나는 내 친구들을 위해 또 한번 제멋에 겨워보기로 한다. 내 삶, 내 글, 내 편지에 그들을 깊게 끌어들일지도 모른다는 얘기다.

To와 From 사이의 거리가 멀다면 촘촘하게 쓰면 된다. To와 From 사이가 좁다면 허물없이 쓰면 된다. 이들을 다치게 하지 않으려 노력하면서. 예전에는 내 글을 읽을 나 자신의 얼굴을 상상하며 울먹였다면, 이젠 사람들이 자신의 얼굴을 그려 넣을 수 있도록 글 안에 조금 더 넓은 풍경을 짓기로 했다. 내 집, 내 하루, 내 사랑뿐만 아니라 너의 집, 너의 하루, 너의 사랑까지 살피는 사람이 될 수 있기를.

같이 더 나아지고 싶은 사람들이 떠오른다. 글이 삶이 될 때까지, 포기하지 않고 쓸 수 있을까. 약속을 지키는 마음으로 산다면 종종 기적은 일어날 거라고, 순진한 희망을 품어본다.

자꾸 두리번거리고 기울어지는 마음, 그 마음을 두려워하지 말아야지. 눈길을 거두지 않기로 한다. 멀고도 가까운 나의 친구들. 그리고 친구의 친구에게로.

어느 문학지망인의 비밀 폴더

노트북 바탕화면을 정리하다 보면 샛길로 빠지기 쉽다. 이런저런 사진 폴더도 구경하고, 근근이 이어온 서울살이의 역사를 쓱 훑어보기만 해도 시간은 잘 간다. 지금보다 더 풋내기 시절에 작성한 자기소개서라도 발견하면 어떤가. 수치심에 가까운 부끄러움이 몰려오며 더운 목덜미를 부채질할 수밖에 없다. 이미 몇 번의 전력이 있어 내용을 잘 알고 있는데도 눈은 마지막 문장까지 굳이 확인한다. 앳된 얼굴이 담긴 증명사진도 한참 들여다본다. 결국 뒷전이 된 바탕화면 청소. 내 마음은 '지난 것이 새롭게 다가올 때'라고 적힌 타임머신을 타고 떠난 지 오래다.

다른 어떤 폴더보다 평범하게 생겼지만 쉽사리 확인할 수 없는 비밀스러운 공간도 있다. 문학지망인에게 비밀 폴더가 대체 무엇이겠는가. 돌려 말할 필요도 없다. 흑역사 자체라고도 볼 수 있는 시의 무덤. 관심 밖으로 나가떨어져 숨이 끊어질 듯 말 듯 위태로운 상황에 이른, '다친 시'들이 들것에 실려 누워 있다.

슬쩍 구경만 해도 숨이 막힌다. 연도별로 모아놓은 폴더들이 마치 병실의 호수 같다. 나는 도망친 보호자다. 뒤돌아선 애인이고, 빈손으로 사죄만 하는 자식이다. 자신있게 사랑했다고 말할 수 있는 존재를 배신했을 때, 영혼은 목뼈부터 부러진다. 고개를 들 수 없다. 아마 내가 울적해질 수 있는 가장 빠른 방법은 이 폴더를 열어 연도를 거슬러 올라가는 일일 것이다.

그곳엔 2015년부터 시작된 지리멸렬한 슬픔과 기쁨이 드글드글 모여 있다. 어쩌시인지 나는 최근에서야 그 폴더를 하나하나 열어보기 시작했다. (물론 끝까지 보지 못하고 여러 번 포기했지만.)

과거로 거슬러 갈수록 시라고 부르기 민망할 만큼 형편없는 글들이 모여 있다. 시가 아니라고 하기엔 시적인 모양새를 갖춘 '무엇도 아닌 문장'들도 보인다. 모양새만 갖췄다는 건 아주 위험하다. 잘 다듬으면 보석이 될 수 있지만 다듬다가 가루로 산산조각 나는 경우도 허다하기에. 나는 본격적인 필드로 가지 못하고 대기조에서 이도저도 아닌 상태로 밀려난 시들을 끝까지 돌보지 못했다. 의무를 저버린 것이다. 쓰기만 하는, 그 일차적인 행위만으로 시인이 될 수 없는 법인데.

어른들이 자주 하는 말 중에 '시간이 지날수록 자식은 더 예뻐진다'는 말이 있다. 책임감이 어느 경지에 도달해야만 가능한 마음이라 생각한다. 그 마음 앞에서, 나는 내가 쓴 말조차 챙기지 못하는 부끄러운 혼자다.

신춘문예 기간이 다가오고 매해 어떤 작품을 내야 할지 끙끙 앓고 있을 때, 친한 지인들은 이해가 되지 않는다는 표정을 짓곤 했다. 쌓아둔 게 이렇게나 많으면서 왜 쩔쩔맬까 싶겠지. 놀고 있는 시들을 나중에 어디다 써먹으려고 저렇게 모셔두나 생각했을 거다. 스스로도 확실히 이유를 알 수 없어 갑갑했다. 그러나 폴더 전체를 살펴본 후에야 사무치게 떨고 있는 가슴을 깨달았다. 이 폴더는 내 실패의 연대기다.

실패를 돌아보며 곱씹을 여유를 부린다는 건 상상할 수 없는 일이다. 상처를 상처라 인지하는 것부터가 회복의 첫 단추지겠만, 나는 계속해서 그것을 수치심으로 여겼다. 인정받지 못한, 수준 미달인, 매력이 떨어지는, 아마추어 티가 나는, 세상에 선보일 수 없는, 비굴하고 운 없는 무언가로.

그나마 위안을 삼아볼 수 있는 건, 버려진 시들이 천천히 그러나 분명하게 나아가고 있었다는 것이다. 언젠가 모과 모임에서 자작시로 합평을 나눌 때 잊지 못할 피드백을 받은 적 있다. 이전의 내 시는 '거대한 얼음 빙하가 코앞에 서 있는 느낌'이었다면, 최근 작품들은 '손바닥 위에서 녹고 있는 투명한 얼음 조각' 같다는 거다. 여기엔 아주 중요한 변화가 있다. 시가 뿜어내는 에너지를 독자가 피부로 감각할 수 있냐 없냐의 기로에서 내가 한 단계 나아간 것이기 때문이다.

관념에 기대 위압적으로 밀어붙였던 과거의 시는 스스로 도취된 시다. 대화를 모르는 시. 옆으로 건너가고자 하는 의지 없이 하늘로만 솟구치려던 욕망만 이글거리는 시. 그러나 누군가의 손바닥에서 흐르는 작은 얼음은 옆으로도 새고 아래로도 떨어지고 소매 끝단도 적실 수 있다. 사라지고 나서도 축축하게 기억될 수 있다. 타자에게 말을 걸 수 있는 화자가 내 안에 태어난 것이다.

그 시점부터의 시는 어쩌면 소생 가능할 수도 있다. 부상을 경험한 적 있는 무용수가 자신의 뼈와 근육을 더 잘 이해할 수 있듯, 새롭게 태어난 성대를 면밀히 살피며 단련시켜야 한다. 되고 또 되고, 말 그리고 또 말. 쉽게 쓰러지지 않는 코어를 가질 때까지!

새로운 몸은 과거를 통과해갈 것이다. 오랜 시간 방치된 시들을 최선을 다해 살릴 거다. 복원사의 자세로 과거를 존중하리. 실패한 춤을 매듭짓고 그다음 춤을 추러 떠나기 위해.

과거에 고여 있는 시에게 새롭게 다가간다. 함께 잠드는 보호자, 되돌아오는 애인, 입안에 들어간 머리카락을 빼주는 자식의 얼굴을 하고서. 은밀한 그 폴더는 내가 자주 찾는 환한 샛길이 될 것이다. 그 길을 잊는 일은 이제 없다.

백지와 나

내 직업은 백지를 들여다보는 일이다. 기사나 에세이 원고, 보도자료 등을 작성하지 않을 때에도 나는 언제나 빈 화면을 상대하고 있다.

혹자는 마우스 커서가 덩그러니 깜박이는 모니터와 빈 종이를 보면 숨이 막힌다고 한다. 뭐라도 당장 적어 넣어야 할 것 같은 압박감이 드는데 어떻게 시작해야 하는지 모르겠다는 것이다. 그럴 수 있다. 한 발 한 발 딛을 때마다 뒤가 무너지는 계단 위에 서 있는 것처럼, 첫 시작을 제대로 끊지 않으면 안 될 것 같아 무섭단다. 그럴 수 있다. 그러나 나는 어서 뭐라도 적어 넣으라는 듯 아무것도 채워지지 않은 순백의 지면을 좋아한다.

한 스텝 내딛고 잠시 숨을 고르며 그 다음을 궁리하는 고독의 시간이 좋다.

백지 위에 있을 때, 고독은 나를 궁지로 몬 적 없다. 그저 '나'이게끔 한다. 백지 위에 있을 때, 가야 할 길을 정확하게 아는 사람처럼 나는 흘러간다. 내 손을 거치는 것들 중 딱 나만큼의 결과물이 나오는 것은 글쓰기가 유일하다. 사적인 글은 특히 더 그렇다. 일터나 일상에서 겪는 자잘한 실패에 마음이 고갈되더라도, 그 실패마저 이야기로 만들어주는 게 에세이나 시다. 궁핍한 마음과 휩쓸리는 생활까지도 담아낼 수 있다.

어느새 활자로 가득 채워진 지면을 마주하면, 내 발자국만 찍혀 있는 넓은 설원을 마주하는 것 같다. 눈 아래 원래 어떤 길이 있었는지 아랑곳 않고, 성큼성큼 걸어 다닌 흔적을 본다. 백지에서 한 편의 세계를 완성하기까지, 그 세계에 대한 모든 권한이 나에게 있다. 얼마나 멋진가. 자기 자신을 믿는 만큼 자유로워진다는 사실을 아는 자의 발자국. 고독하고도 가뿐한 발자국을 확인하는 것보다 짜릿한 순간은 없다.

백지는 자유를 갈망하는 나 같은 사람을 뛰놀게 한다. 아무것도 없는 무인도를 내어주며 내가 원하는 모든 것을 끌어와 살림을 차려보라고 하는데, 어떻게 뛰놀지 않을 수 있지?

학창 시절부터 줄이 있는 공책보다 드로잉북 같은 무지 공책을 선호했다. 아무것도 없는 게 좋았다. 페이지의 중간부터 쓰든 양쪽 페이지에 걸쳐 쓰든 상관없으니까. 수업 시간에 필기한 내용들이 걸핏하면 줄선 밖으로 이탈했고, 낭비라 해도 할 말 없을 만큼 종이를 아무렇게나 썼다. 어떤 페이지는 깜지처럼 빽빽한가 하면, 어떤 페이지는 여백의 미가 넘쳤다. 중간중간 찢어진 페이지의 거친 마감이 드러나기도 한다. 글씨 크기도 제멋대로고, 공책의 용도도 정해진 게 없다. 어떤 날은 영단어 공책이었다가 어떤 날은 그림 공책이 된다. 수시로 끼어드는 딴 생각도 다 메모의 대상이 되었다.

그런 식으로 공책 한 권을 다 쓰고 전체를 훑어볼 때, 나조차도 무슨 말을 하고 있는지 한 번에 모를 정도로 어지러운 상태여야만 만족스럽다. 느긋했다가 폭주했다가 골똘했다가 다시 해결해나가는 내 에너지의 탄력이 종이 위에서 생생하게 느껴지는 것이 좋았다.

그래서 지금까지도 계속 백지를 들여다보며 사는 걸까. 아무것도 적지 않는 하루를 보내더라도, 일단 백지를 베고 눕는다. 나만 아는 설원. 나만 보는 섬. 나만이 누릴 수 있는 이 무한한 순백의 영역을 포기할 순 없다.

백지를 정복하겠다는 굳은 결심 따윈 없다. 잘 써야겠다는 마음을 경계한다. 빈틈 없는 글을 써보고 싶었던 때도 있었지만, 똑똑히 기억한다. 결국 일기조차 편하게 쓰지 못할 만큼 몸이 굳어버렸던 허무한 시간을. 완벽한 글은, 완벽한 사람에게 맡기자. 난 그저 내 글을 쓴다.

마지막 문장을 뱉을 때까지 최선을 다해 주시하는 것은 하나다. 백지에 끼어드는 모든 것. 문장을 쌓으며 내뱉는 호흡, 갈림길에서의 망설임, 어쩌다 마주친 새로운 영감에 시선을 빼앗긴 순간, 한숨. 그것들이 계산 없이 전부 녹아들기를 바라며 쓴다. 단계에 맞춰 논리 정연하게 펼쳐지는 말도 멋있지만, 내가 더 사랑하는 쪽은 이 강물 저 강물이 모인 바다처럼 자연스럽게 불어난 말의 덩어리다. 그래서 매번 냅다 출발해버린다. 일단 시작하면 한 문장이 다음 문장을 알아서 불러들일 것이라 믿어본다. 무엇이든 말해도 된다는 기대에 찬 마음을 갖고서. 그저 공책 한 페이지를 채운다는 정도의 기분으로.

마음껏 표현하며 나는 가벼워지고, 가벼워진 나만큼 백지는 배부르기를. 정직하고 심플한 교환이 이루어지는 이 관계는 오래도록 지속될 것이다. 내가 백지를, 백지가 나를 속이는 일은 없을 테니까.

PART. 2

슬픔과 나 사이

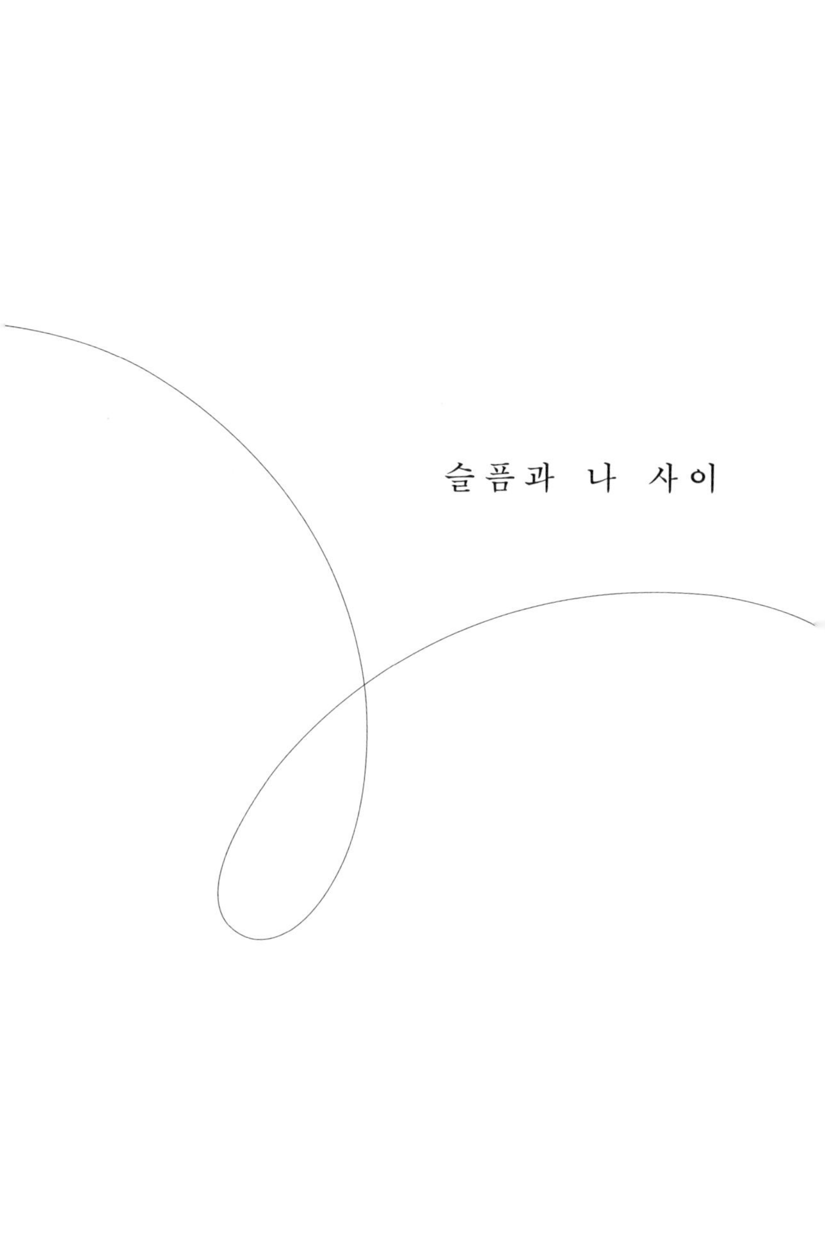

복숭아 예찬

식욕이 감퇴하는 여름. 그렇다고 아무것도 먹지 않으면 땀과 함께 내 존재가 터진 음식물 쓰레기 봉투처럼 주르륵 흘러버릴 것 같은 때. 나는 복숭아를 찾는다.

어느 복숭아든 다 환영이지만 특히 아삭아삭하고 단단한 식감을 가진 흰 복숭아는 철마다 꼭 챙겨 먹어야 하는 보양식이다. 매일 하루에 한 개씩 먹으면 복날을 따로 챙길 필요도 없다. 언제라도 마음만 있으면 먹을 수 있는 별별 고기보다 귀한, 영양소 가득한 제철 과일이니까.

토실토실한 햄스터 엉덩이 같기도 하고 아기의 볼때기 같기도 한, 이 어여쁜 것은 여름마다 찾아오는 슬럼

프를 그나마 무난하게 버틸 수 있게끔 도와주는 것 같다. 어째서인지 나는 여름만 되면 아프다. 한겨울에 태어나서 그런지 열기에 저항 한번 못하고 꼼짝없이 당한다. 무더위와 함께 흐물흐물해지는 영혼은 웬만한 것에는 긍정적인 자극을 받지 못한다. 게을러지고, 의기소침해지고, 배탈과 슬픔이 많아지며, 적의로 가득 찬다. 스스로 중심을 잘 지키고 이성적인 편이라는 믿음도 이 계절이면 휘청거린다. 날 흔들어 깨울 수 있는 것이 거의 없다. 지구가 늘 가던 방향대로 공전할 뿐인데, 이 미물은 잘만 돌아가던 생각도 건강도 활동 범위도 갑자기 위축되면서 버벅거린다.

나는 이 지겨운 여름을 귀신 보듯 직관하며 복숭아를 와그작와그작 씹어 삼킨다. 옛날부터 복숭아나무에는 악마를 제거하는 신성한 힘이 있다고들 하지 않나. 그렇다면 그 나무가 온 힘을 다해 맺은 열매는 더 강력한 주술적 힘이 서려 있을지 않을까. '신선들이 먹던 과일'이 그냥 나온 말은 아니겠지. 실제로 복숭아 때문에 살아남은 경험이 있는 자로서(?) 흰 과육을 내 오장육부에 붙이는 부적이라 생각하기로 했다.

때는 바야흐로 육 년 전 여름. 첫 연애가 마무리되

고, 그 허망함에 잠식되어 얼마나 울었던지 맹꽁이보다 도 축축하고 작은 몸이 되어버렸다. 울다 지쳐 배와 가슴이 들썩거릴 때마다 정말로 내가 양서류의 일종이 된 것처럼 몸이 낯설고 끔찍하게 느껴졌다. 슬픔에 취할 여유도 없이 감정들이 매몰차게 휘몰아쳤다. 애정이 완전히 식은 상태로 헤어진 것이라 관계에 미련은 없었다. 어떤 형태로든 '좋은 이별'이란 건 남 얘기일 뿐이란 걸 실감하며, 사랑에 대한 환멸감과 고단함으로 범벅된 멍청한 눈물을 흘릴 뿐이었다.

그때 나는 (하필) 휴학을 하고 광주에서 가족들과 시간을 보내고 있었다. 흑역사를 고스란히 부모에게 보여줬다는 뜻이다. 당시만 생각하면 머쓱해진다. 뭘 먹기만 해도 헛구역질을 했기에 가족들과 밥상머리를 공유하는 게 영 미안한 일이었다. 그러다 만난 게 복숭아. 황도도 아니고 무조건 백도만 찾았다. 원래도 복숭아를 가장 좋아하는 과일로 꼽았는데, 그걸 알고 부모님이 여름내 떨어지지 않게끔 비축해두셨다. 삼시세끼 복숭아만 먹으며 연명했다.

맥없이 집어먹는 흰 과육의 맛. 처음엔 맹맹하다가도 시큼달큼한 향이 뒤늦게 혀를 친다. 마치 생무를 씹은 것 같은데 곧 과일청을 삼킨 듯 향기롭다. 그 엇박의

향미가 좋다. '일단 삼키고 봐.' 하며 느릿하고 우아하게 날 관통한다. 홀린 듯 아무 생각 없이 한 접시를 다 해치우게 만든다. 입안에 진동하는 상큼한 단내. 무해하게 다가와 확실하게 장악하는 맛. 복숭아는 생긴 것답게 순하고 생긴 것보다 요염하다. 그 여름을 버텨내고 다시 일상을 회복할 수 있었던 건 복숭아의 정기 때문이었다.

게다가 나는 복숭아를 좋아하는 나 자신이 좋다. 입맛에도 유전의 영향이 있다면 내 혀는 외가의 영향을 크게 받았을 거다. 외할머니도, 우리 엄마도 '딱복파'다. 무겁고 진득한 단맛이 아닌 가볍고 상쾌한 단맛을 선호한다. 통조림 과일처럼 혀를 내리누르는 단맛이 아닌 향수를 시향하듯 내가 온 감각을 들이밀어야 다가오는 단맛의 매력! 다른 과일들 앞에서는 말이 많아지지만 복숭아 앞에서는 말없이 오직 먹는 것에 열중하는 여자 셋이 귀엽게도 느껴진다.

아빠는 엄마의 퇴근 시간에 맞춰 종종 그녀를 모시러 가는데, 여름철이면 락앤락 반찬통에 복숭아 한 알을 깎아 챙겨 간다. 키친타월에 포크를 싸는 것도 잊지 않고. 하루 일과를 마치고 녹초가 된 엄마는 조수석에 앉아 남편이 건네주는 반찬통에서 아삭한 복숭아를 꺼내 먹을 것이다. 고된 하루에 둔감해진 미각이 살아 돌아오겠지. 혀가 살아나면, 오늘 있었던 사건들을 조잘조잘 잘도 꺼낼 것이다. 그 풍경을 상상하면 복숭아로 연결된 불그스레하면서도 풋풋한 표정이 절로 그려진다. 우리는 고통스러운 여름도, 무료한 여름도, 대책 없이 들뜨는 여름도, 이 과일 하나로 버틸 수 있다.

어쨌거나 올여름도 유독 뜨겁고, 변덕스럽고, 고장 난 것만 같은 날씨의 연속이었다. 나는 복숭아의 멸종을 두려워하며 올해가 마지막 여름인 것인 양 어느 때보다 맛있게 복숭아를 흡입하고 있다. 깨끗하게 씻어 껍질까지 남김없이. 어차피 모든 방면에서 쾌적하고 무탈한 무릉도원의 계절은 지상에 없다. 앞으로 다가올 여름도 자주 아플 것이고 고단하겠지만, 희고 깨끗한 이 과일을 먹을 때만큼은 신선이 된 기분을 만끽해야겠다는 심산이다.

영원한 세계, 유년

지도 앱을 켜 수시로 검색하는 장소가 있다. 부산에 있는 작은 지하철역 '구명'이다. 나는 출구로 빠져나오는 계단을 상상하며 로드뷰를 켠다. 2D로 납작하게 보이던 세상이 순식간에 3D로 펼쳐진다. 내 유년이 묻힌 고향 '구포', 파란 하늘 아래 익숙한 듯 낯선 모습으로 나타난다.

열세 살까지 살았던 고향 집의 낡은 초록 대문 앞까지 가보는 것은 오랜 습관 중 하나였다. 주소를 바로 검색하지 않고 역에서부터 출발하는 이유는 구석구석 기억을 쓸어보고 싶기 때문이다. 주머니에 오백 원이 없어 사 먹지 못했던 문방구 김치만두 냄새와 친구에게 한입만 달라는 말을 못해 휙 돌아나와 횡단보도 초록불을 기다리던 나. 걷던 걸 멈추고 어느 중학교 담벼락에 기대앉아 조금 훌쩍이던, 멀고도 가까운 시간을.

스물셋 무렵이었나. 과거와 화해한답시고 십 년 만에 혼자 부산으로 가 고향을 재회한 적 있다. 아무도 관심 없는 이상한 객기를 부렸고, 그곳이 '행복마을'이라는 아이러니한 이름으로 불리게 된 것을 확인하고부터는 화해를 시도하려 고쳐먹은 마음이 맥없이 부서졌다. 새 별명이 생겼지만 이곳은 지나치게 옛날과 같았다. 괴상한 벽화와 한 집 건너 하나씩 있는 당집, 낮은 지붕과 쓰레기더미.

나는 간과하고 있었다. 과거와 내가 대등하게 만나기엔 내 몸이 지나치게 자라버렸다는 것을. 아이는 커버렸고, '옛날'은 믿을 수 없을 만큼 힘을 잃었다.

달라진 게 있다면 빈집이 늘었다는 것 정도다. 어떤 고향은 그곳에 살았던 자의 방문에 무심하다. 그가 어떤 마음으로 돌아왔든, 자신에게 다시 귀속되지 않을 거라면 누구든 이방인으로 만든다. 행복마을은 공터가 될 미래를 조용히 기다리는 것처럼 보이기도 했다. 모두 다 떠나기만을 기다리는 마을이라니.

반가운 마음이 하나도 없었다고 한다면 거짓말이다. 먼지를 뒤집어쓴 낡은 기억을 마주할 때마다 앳된 부모와 거칠지만 다정했던 이웃들의 얼굴이 생각나 뭉클해 혼났다. 성난 사자 머리를 한 문고리, 그 낡은 초록 철문 앞에 마침내 도달했을 때는 어떠한가. 나는 이 문을 사진으로 남길까 말까 고민하다 후다닥 도망쳤다. 어땠을까, 내 뒷모습.

마음을 꾹꾹 담은 편지를 친구의 책상 위에 올려둘지 말지 고민하다 휙 버리듯 던지고 온 아이 같았을까. 편지가 책상 위에 무사히 있는지 바닥으로 떨어졌는지 확인할 겨를도 없이 교실을 빠져나가는, 그런 모습이었을까.

점심을 먹기 위해 우리 가족의 단골 식당이었던 분식집으로 들어갔다. 빨갛기만 하고 하나도 안 매운 떡볶이 일 인분과 단호박 식혜를 주문해 마음을 달랬다. 떡볶이는 너무 달았고 식혜는 밍밍했다. 그것이 이상하게 맛있게 느껴지기도 하고, 내 미각의 스펙트럼에서 한참 벗어난 알 수 없는 맛처럼 느껴져 떨떠름하기도 했다. 과거와 현재 모두 손이 땀으로 흥건하게 젖어 자꾸 악수에 실패하는 기분이었다.

행복마을을 빠져나와 숙소가 있는 해운대까지 버스로 한참 달려가는 동안, 모래사장에 주저앉아 어두워지기를 기다리는 동안, 최백호의 노래 〈바다 끝〉만 반복해 들었다.

아름다웠던 나의 모든 노을빛 추억들이
저 바다에 잠겨 어두워지면
난 우리를 몰라

짧은 재회가 무엇으로 남았는지는 모르겠다. 그날 이후로 고향을 마냥 슬프기만 한 공간으로 여길 수 없었다. 떠올리면 슬프지만 이상하게 안부가 궁금하고 동시에 서운한 마음을 들게 만드는, 그런 배배 꼬인 감정을 안겨주는 친구라고 생각하기로 했다. 한 번씩 로드뷰로 몰래 찾아가 근황을 보고 오는 사이. 은밀하게 친구의 SNS를 염탐하듯. 투명인간의 자유가 이런 것일까 상상하며 막힘없이 로드뷰 화면을 터치해 고향으로 전진한다. 그곳 주민이라도 된 것처럼 씩씩하게 발걸음을 뗀다.

궁금한 장소에서는 도망치지 않고 좀 시간을 들여 머물 수 있다. 구명역 출구로 나와 직진하면 초등학생 시절 등하굣길에서 지겹도록 본 타이어 가게가 아직도 건재한 모습으로 자리하는 걸 볼 수 있다. 그 바로 앞 횡단보도에서 젊은 엄마는 종종 녹색어머니회 노란 조끼를 걸치고 깃발을 휘두르며 학생들의 교통안전을 지도하곤 했지. 그러나 나는 엄마의 환영도 그냥 지나쳐 간다. 갈 길이 멀기 때문이다. 중학교와 구포2동 주민센터를 거쳐 행복마을 입구로 들어선 다음 구멍가게와 피아노 학원을 지나 구포역으로 이어지는 내리막길을 따라가야 한다.

따라가야 하는데! 이 영원할 것 같던 로드뷰 트립이 강제로 끝을 맞이하게 될 줄은 꿈에도 예상 못했다. 행복마을의 이름이 내려가고 '길 없음'이라는 표지판이 세워진 것이다. 재개발에 들어갔다. 찾아본 바에 따르면 팔백여 세대 규모의 아파트가 세워질 예정이라고 한다.

기사를 읽은 밤, 조금 울었다. 담벼락에 기대 앉아 훌쩍였던 인젠가처럼 자취방 변기 위에 앉아 아주 찔끔 눈물을 흘렸다. 누구라도 내게 사진을 제대로 찍어가지 않겠니, 하고 물어봤어야 하는 거 아닌가.

지금도 여전히 나는 손가락으로 구포 일대를 돌아다닌다. 항상 무거운 책가방을 메고 다니는, 젖은 빰을 쓸며 집으로 돌아가는 아이가 보이냐고 아무나 붙들고 묻는 상상을 하면서.

지도 앱을 종료한다. 빛 꺼진 검은 화면에 작별을 결심해야 하는 사람의 표정이 비친다. 작별. 그러나 작별이 꼭 이런 식이어야만 할까. 어떤 과거는 미래가 될 수도 있지 않을까. 영원히, 계속 세워지는 마음도 있지 않을까. 헤어짐의 형식에서 자유로워지는 건 불가능할까.

행방을 알 수 없게 된 내 유년의 거처. 이제 그곳은 기억으로만 더듬더듬 설명해야 하는, 내 죽음과 동시에 사그라들 외로운 소문 같은 것이 되었다. 그러나 필히 어딘가에 존재할 것이다. 〈센과 치히로의 행방불명〉 속 신들의 세계와 같이. 발소리를 구분할 줄 아는 똑똑한 초록 대문은 작은 기척을 알아챌 것이니까. 무수히 그 앞으로 찾아간 내 비밀스러운 발소리를 잊을 리 없다.

다정수치 섬세능력

다정함과 섬세함에 대한 나름의 고찰은 다음과 같다. 다정한 사람들은 리액션이 좋다. 경험상 이들은 무드나 환경에 약하고 상대방의 감정과 표정에 즉각적으로 반응하는 따뜻한 사람이다. 그만큼 감정 기복도 심하고 표정 변화도 크게 드러난다. 누군가 울 때 같이 우는 사람이 딱 '다정' 유형.

반면, 섬세한 사람은 순간순간의 리액션이 크지 않더라도 기억력이 좋은 경우가 많다. 그 사람과 어떤 식당에서 어떤 농담을 나눴는지, 그 사람은 머리가 아플 때 어떤 약을 먹고 어떻게 쉬는지, 그 사람은 평소에 귀걸이를 빼서 어디에 두는지 등등, 대상에 대한 정보를 입력하고 잊지 않는 것이다. 잊지 않았다는 것이 어떻게든 행동에서 티가 난다.

살면서 만난 사람들 중 섬세력이 가장 뛰어난 사람은 바로 내 아빠다. 아빠는 정말 대단할 정도로 가족에 대한 기억력이 좋다. 특히, 아내와 관련된 일이라면 섬세력은 정점을 찍는다. 엄마는 선글라스나 텀블러 등을 챙기는 걸 자주 깜빡하는 편이다. 그녀의 가방 안에 그것들을 넣어두는 것은 자주 아빠 담당이 된다. 집안일을 하는 모습을 지켜보고 있자면, 그의 섬세력이 물 만난 물고기처럼 펄떡이고 있음을 확인할 수 있다.

아빠가 가장 열과 성을 다하는 미션은 '와이프 저녁밥 먹이기'다. 아무리 바쁜 업무가 있더라도 엄마의 공복 상태가 연장되는 것을 두려워하며 어떻게든 뚝딱 해낸다. 제대로 솜씨를 뽐내고 싶을 땐, 엄마와 점심시간에 맞춰 통화를 하며 구내식당에서 카레가 나왔는지, 김치찌개가 나왔는지, 참치를 넣었는지 꽁치를 넣었는지까지 체크할 때도 있다. (장을 볼 땐 후식까지 고려하는 그는 대체…….)

당연히 아빠는 식사 담당에만 열심인 게 아니다. 고된 업무와 약한 관절 때문에 노곤해진 엄마를 위해 매일 밤 전용 마사지사가 되어주고 있으니까. 햇수로만 쳐도 벌써 팔 년이 넘도록 꾸준히 이어지고 있으니, 노부부가 된 두 사람을 그릴 때 제일 먼저 상상할 수 있는 장면이기도 하다. 일이 바빴거나 장거리 운전을 한 날이면 아빠도 분명 지칠 텐데, 그는 엄마가 마사지를 건너뛰고 바로 잠드는 것을 못 견딘다. 때론 너무 피곤한 엄마가 그냥 바로 자겠다고 해도 안 된다고 하는 걸 보면 이젠 집착 수준일지도 모르겠다.

그가 이렇게나 섬세한 탓에 덕을 보는 존재는 우리 가족뿐만이 아니다. 동네 길고양이들도 수년째 아빠가 챙겨주는 사료를 잘 받아먹고 있다. 주기적으로 영양제부터 특식까지 그릇에 넣어주니 고양이들 입장에선 대단히 사려 깊은 캔따개(?)를 만난 셈이다. 이젠 케어하고 있는 아이들이 제법 되어서 일일이 이름을 붙이며 구별해야 하는 정도이고, 주기적으로 교체해줄 밥그릇과 물그릇이 참 많아졌다. 산책길에 만나는 고양이를 위해 간단한 캔 사료를 들고 다닌 정도였다가, 한동안은 사료를 가득 담은 백팩을 메고 온 동네를 휘젓고 다니기도 했다.

굳이 따지자면 아빠는 다정한 사람은 아니다. 상대의 감정에 공감을 하면서 같이 울어주거나 웃는 경우가 별로 없다. 호들갑이나 주접은 아빠와 상당히 먼 단어다. 드라마를 보면서 우는 당신의 모습은 상상할 수가 없으니. 다른 사람의 이야기를 듣는 것을 피곤해하는 성격에 더 가깝다.

이 정도로 섬세하다면 다정할 법도 한데, 그렇지 않다는 게 늘 미스터리였다. 서른 해 가까이 그의 딸로 지내면서 다정과 섬세의 차이가 뭔지 생각해보지 않을 수가 없었다. 잠정적으로 내린 결론은, 다정함은 반응의 정도이고 섬세함은 행동의 영역이라는 것이다. 그래서 (즉흥적으로 유야무야 만든 워딩이긴 하지만) '다정' 뒤엔 '수치'가, '섬세' 뒤엔 '능력'이 붙는 것이 자연스럽다.

아빠는 행동하는 사람이다. 즉각적으로 반응하기보다는 관찰하고, 인지한 내용을 바탕으로 시도해보는 사람. 그리고 그게 잘 들어맞다는 사실을 확인하는 것까지가 중요한 사람. 엄마가 퇴근 후에 무척 배가 고픈 상태라는 것, 가끔 단것을 찾는다는 것, 마사지를 거절한다 해도 안 받았을 때보단 훨씬 가볍게 아침을 맞이한다는 것, 어떤 고양이가 아픈지, 어떤 고양이가 임신을 했는지, 어떤 고양이와 어느 고양이가 친한 사이인지를 알아야 냥 바이 냥으로 챙겨줄 수 있다는 것. 이 모든 것들을 계산하고 실행하는 사람인 것이다. 성실하게.

성실한 행동은 풍경을 만든다. 좋아하는 사람이 맛있게 밥을 먹는 풍경, 손가락에 크림이나 가루를 묻히고도 개의치 않고 즐겁게 단것을 먹는 풍경, 끙끙 앓다 편안한 얼굴로 잠드는 풍경, 임신했던 고양이가 가벼운 몸으로 껑충껑충 뛰어다니는 풍경, 작은 회색 고양이가 나타나면 얼마 후에 노란 뚱냥이가 나타나는 풍경. 아빠는 단지 그게 좋았던 것일지도 모른다. 아빠와 사는 사람들은 결국 이 풍경을 선물받는 행운을 누리는 것이다. 훗날 아빠가 없을 때, 나는 지금과 비슷한 풍경을 만나면 너무 반가울 것 같다. 그때마다 당신을 만나는 기분이 들 것 같아서.

주변에 다정하고 섬세한 사람들이 많다. 허술하긴 해도 내가 분류한 이 유형을 참고해 그들을 관찰하는 것은 오랫동안 흥미로울 것 같다. 다정한 사람들의 입매와 눈빛, 눈썹과 고개의 방향, 허리를 숙이는 방식. 그리고 섬세한 사람들의 행동과 그 곁의 장면들. 나비 같고 나무 같은 사람들이다. 사랑스럽고 성실한 내 사람들.

섬세한 사람들이 만들어놓은 풍경 위에서 다정한 사람들이여, 내내 행복하기를!

곰팡이와 하이파이브

결국 옷방에 곰팡이가 생겼다. 하필 천장 쪽이다. 우러러봐야 하는 곰팡이라니.

위치는 옷방 창가 쪽과 가깝다. 새 벽지를 바르기 전 얼룩덜룩 험악했던 방 상태를 보고, 제습기도 들이고 제습제도 곳곳에 비치했건만. 역시는 역시인가. 이 집에서 맞이한 첫 여름. 흰 벽지 위에 돋아난 그것은 적나라하고, 누군가의 멍자국처럼 구슬펐다.

오래된 빌라에 살고 있다. 허술한 지점이 많은 곳이다. 안쪽 창문이 신식인 것에 비해 바깥 창문은 옛날 것 그대로라 어딘가가 틀어진 것인지 제대로 닫히지도 않고, 주방 후드는 심각하게 낡고 부실해서 그냥 안 쓰는 편이 건강에 이로울 듯하다. 이런 문제들은 사실 큰 골칫거리가 아니다. 창문이야 안쪽 창문이라도 잘 닫고 살면 되는 거고, 주방도 환기가 나름 잘 되는 편이라 치명적으로 불편한 건 아니니까.

하지만 차츰차츰 덩치를 키워가는 곰팡이는 앞서 언급한 것들과는 다른 차원의 문제다. 옥상 쪽에서 누수가 있는 것이다. 비가 많이 내리는 날이면 벽지가 젖는다. 다행히(?) 벽지가 녹아서 흘러내리는 상황은 펼쳐지지 않았다. 물이 뚝뚝 떨어지는 정도도 아니고. 그저 천장에 은은하게 스며든다. 스며서 축축해진다. 발돋움을 하고 손가락으로 쓰윽 쓸어보면 빗물에 눅눅해진 바지 밑단처럼 습하다. 곰팡이는 알맞은 환경을 찾은 것이다.

겨울을 이겨낸 새싹처럼 벽지를 뚫고 피어났다. 열일하는 제습기의 노력이 무색하게 녀석은 자리를 잘 잡았다. 기지개를 켜는 곰팡이의 정수리. 네 녀석에게 꿀밤을 내리꽂을 수 있다면 얼마나 좋을까. 딱 한 대만.

문제의 스팟을 사진 찍어 집주인에게 상황을 알렸지만 반응이 심드렁하다. 사는 데 지장 없으니까 괜찮다는 건가. 사실 나도 뭘 요구하려던 건 아니었다. 그냥 그렇다고.

이 상황을 타개하고 싶다는 전의가 퐁퐁 샘솟는 것도 아니고, 언젠가는 떠나야 하는 전셋집이라 그러려니 산다. 가을장마까지 다 끝나고 나면 곰팡이 제거제라도 써봐야 하나. 이 집이 겨울엔 따뜻한 편이라는 것에 감사하자고 마음 정리를 끝내놓기도 했다. 이사를 오던 날에도 하필 영하 19도의 엄청난 한파가 몰아쳐 고생이 많았지만, 상자들이 널브러진 방만큼은 포근했다. 새로 산 메모리폼 침대가 어서 부풀기를 기다리며, 방바닥에서 천장을 보며 멍때리던 것도 꽤나 낭만적이었다. 그날을 기억하면 마음이 스르르 풀린다.

처음으로 마련한 나만의 서재. 처음으로 마련한 내 옷방. 주먹만 한 곰팡이 하나 피었다고 좌절하기에는 고마운 게 많은 곳이다. 여기서 특별히 뭘 한 건 없지만, 대학교 입학부터 졸업까지 오래 머물렀던 회기동 기숙사와 원룸 이후로 새롭게 만난 곳이라 아직 신선함이 있다. 가스레인지 하나 없는 무옵션이어서 세탁기, 침대, 냉장고 하나하나 모두 내 돈 들여 채워 넣었으니 이곳에 붙인 정을 없는 취급할 순 없다.

난데없이 침입한 저 곰팡이와 어색함을 풀고 동거를 이어가야 한다. 생각해보면 늘 그랬다. 흐르는 대로 살면 그럭저럭 살아진다고 말하고 다녔다. 겸허함이 아주 찔끔 생겼다고 해야 하나. 인생은 내가 원하는 것들 사이에 예상하지 못했거나 경멸하는 것을 늘 끼워주곤 했다. 택배 상자에 딸려오는 다리 많은 벌레처럼. 벌레는 내가 좋은 사람일 때든 나쁜 사람일 때든 관계없이 기어오는 법이다. 그것을 받아들이지 못하면 어떤 식으로든 인간은 이상해진다. 괴팍해지거나 찌질해지거나.

그냥 그런 것이다. 군말 없이 받아들이는 것을 단념이라 이해하면 곤란하다. 사는 동안 유일하게 확실한 건 '예정된 죽음'뿐이니, 모든 것은 흘러가는 중에 있음을 받아들이자는 것이다. 곰팡이와 하이파이브를 하고 벌레 몇 마리와 고성으로 대화를 나누는 건 비극이 아니다.

이런저런 힘든 일 때문에 하소연하는 친구들 이야기를 들어줄 때, 꼭 끝에 해주는 말이 있다. 흐르는 대로 살 수밖에 없어. 소시오패스 한 명을 앞에 두고 짜게 식는 그들의 얼굴이 그려지지만 개의치 않는다. 잘 받아들이는 사람은 어떤 선택도 할 수 있다. 잘 받아들이는 사람에겐 늘 다음으로 향하는 문이 열린다. 그것을 믿고 여태 살아 있다. 이러한 삶의 태도는 내가 아는 가장 따뜻한 절망이자 가장 성실한 모험이라는 것.

그러니까, 곰팡이가 좀 생겼다고 집순이가 집을 두고 밖으로만 나돌 일은 없을 거라는 기나긴 얘기였다. 개의치 않은 척. 사랑을 이어가는 나만의 처세술이다.

몰래 탄 그네

우리 가족은 한 아파트 단지 내 놀이터를 빌려 썼다. 도둑처럼. 야심한 밤이 되면 그 놀이터는 적막했는데, 우리는 외부인이었으므로 아무도 찾아오지 않을수록 안심하고 놀았다.

동생과 나는 큰소리 한 번 내지 않고 모래 위를 뛰어다녔고, 정글짐의 꼭대기를 먼저 차지했다고 해서 환호성 지르지도 않았다. 찬바람에 뺨과 손끝이 붉어져도 훅훅 밭은 숨만 몰아쉬며, 이때 아니면 언제 놀겠냐는 듯 열심히 놀았다. 엄마가 우리에게 조용히 하라 일러둔 적도 없었지만, 동생과 나는 얌전히 노는 법을 알아서 터득했던 것 같다.

다른 누군가가 놀이터로 들어오는 것 같으면 우리들은 돌아갈 때가 된 사람들처럼 슬며시 자리를 피했다. 아파트 단지를 나와서 붕어빵이나 순대 이천 원어치를 사 들고 집으로 갔다. 한참을 걸어, 곰팡이 가득한 비좁은 사글셋방으로.

우리 가족이 남의 아파트에서 몰래 놀았던 때. 엄마의 소원은 그 아파트에서 사는 것이었고, 동생과 나의 소원은 매일 그 놀이터에 가는 것이었다. 따지고 보면 같은 꿈이고, 기도하는 머릿수가 셋이나 됐지만 내가 초등학교를 졸업하는 날까지 이루어지지 않았다. 짐작건대, 아빠가 우리와 같은 소원을 빌지 않아서이지 않을까 싶다.

하지만 아빠도 놀이터에 가는 것을 싫어하진 않았다. 밤에 우리와 놀이터에 갈 수 있다는 것은 새벽까지 야근하는 날이 아니라는 뜻이기 때문이다. 나는 아빠와 함께 놀이터에 가는 것을 참 좋아했다. 아빠가 그네를 밀어주면 더 멀리 나아갈 수 있었다. 놀이터의 어둠을 가르며 하늘로 튀어 오르는 감각은 짜릿했다. 찬바람이 나를 공격하는 게 아니라 내가 찬바람을 찢는 기분. 그 놀이터는 높은 지대에 있어서 마을이 쭉 내려다보였는데, 덩그러니 떠 있는 붉은 십자가 아래 어딘가에서 조용히 가족을 기다리고 있을 우리 집을 생각하면 어쩐지 쓸쓸해졌다. 나는 그 동굴에 사는 도둑인 주제에, 동네에서 가장 높은 아파트에서 달랑달랑 날뛰고 있는 것이다.

한참을 그렇게 타고 나면, 아빠에게 이번엔 반대로 그네를 밀어달라고 요청한다. 나는 이제 마을을 등지고 이십 평짜리 아파트에게로 날아간다. 화분을 여럿 둘 수 있는 베란다가 있고, 거실이 있고, 조명이 밝고, 도톰한 커튼이 있는 집. 그것이 가까워졌다가 멀어지기를 반복한다.

엄마에게 저것을 선물할 수 있으려면 몇 살이나 먹어야 할까. 여기엔 내 또래 친구들이 많이 살고 있을까. 햇빛 아래서 보는 정글짐은 무슨 색일까. 그런 것들을 숨죽여 생각했다. 현실과 소망 그 어디쯤을 움직이는 시계추가 되어. 우리 가족이 놀이터를 빠져나와 아까 봤던 붉은 십자가 아래를 지날 때에도 마음은 아직 그네 위에 있는 듯 흔들거렸다.

요즘은 한결 마음이 놓인다. 모두가 사용할 수 있는 작은 공원이나 놀이터가 예전보다 많아졌다는 사실에. 어느 동네에 살든 눈치 보지 않고 아이들이 섞여 놀 수 있는 곳이 더 많아졌으면 좋겠다. 지금도 어딘가에는 어두워졌을 때만 움직이는 아이들이 있을 것이다. 소리 내지 않고, 인기척에 놀라 달음박질하는 아이들이 있을 것이다. 늘 몇 걸음 떨어진 어둠 속에서 이곳과 그곳의 거리를 재어보는 아이들이 있을 것이다. 엄마는 왁자지껄 떠들며 뒹구는 어린애들을 보면 회한에 젖어 한숨 짓지만, 엄마가 종종 슬프더라도 그런 장소는 흔해져야 한다. 울다 보면, 점점 가벼워져 나중엔 웃을 수도 있게 될 것이다.

엄마가 어린 남매의 손을 잡고 놀이터로 이끌지 않았더라면, 아빠가 밀어주는 그네의 기억이 없었더라면, 아마 나는 즐거움의 필요성이 무엇인지 모르는 인간으로 자랐을 것이다. 분수나 주제 너머의 희망을 상상하지 못했을 것이다. 이루어지든 이루어지지 않든 무언가를 소원하는 마음 자체가 한 시절을 통과하도록 한다는 것을 믿지 못했을 거다.

엄마가 이제 지금의 나를 보기를 바란다. 밝은 놀이터 풍경을 좋아하는 나를. 아이들과 젊은 부모, 인근에 사는 노인들 사이 벤치를 차지하고 앉아 여유롭게 그들을 지켜보는 나를 보기를. 그리고 내 곁에 앉기를 바란다. 우리가 누구인지 상관하지 않는 장소에서 소소한 소망을 또 같이 빌어보는 것이다. 목소리를 부러 낮추지 않고. 맑은 햇빛 아래서.

꽃이 피고 고양이가 우는데
사랑을 어떻게 뿌리칠까

아빠가 거리 생활을 정리했다. 삼 년 만이다. 매일 길고양이들의 끼니를 책임지던 루틴을 드디어 청산한 것이다. 아빠는 삼 년 동안 단 하나의 길친구 '팬더'를 만났고, 팬더 덕분에 여러 고양이 친구들과 교류할 수 있었다. 팬더의 자식이거나 팬더의 남편으로 의심되는 아이들을 돌봤고, 팬더가 영역에서 사라지고 난 후부터는 그 식구들 모두가 독립하거나 뿔뿔이 흩어져버려 다른 무리의 고양이들을 보살폈다.

아빠는 삼 년을 만나도 아이들에게 가까이 다가서지 않았다. 가장 애틋하게 여긴 팬더에게도 그랬다. 그냥 묵묵하게 밥그릇을 채워주기만 했다. 녀석들이 절대 경계를 풀지 않는 것을 귀엽게 여겼고, 혹시라도 다리에 달라붙어 아양 떠는 아이를 만나면 눈길로만 예뻐할 뿐 쓰다듬지 않았다. 아무리 사랑스러워도 그냥 예뻐하는 마음만 품었다. 가끔은 아이들 사진을 찍어 서울 사는 딸내미에게 카톡으로 보내준다. "주둥이가 통실통실하지 않니?" "제 어미랑 똑 닮은 것 같아." 하며 흐뭇해하고, 깔끔하게 비워진 밥그릇을 자랑하며 녀석들이 무럭무럭 자라고 있음을 알린다.

이토록 고양이에 대한 남다른 애정을 과시하는 아빠지만 녀석들과 지나친 접촉은 하지 않으려 노력하는 이유는, 사랑하게 될까 봐.

아빠에게 '사랑'은 끝까지 책임지는 것이다. 끝까지 가보는 것, 이해를 위해 계속 나아가는 것. 사랑이 끝날 때까지 혹은 끝내야 할 때까지 가능한 오래 마음에 품는 것이 아빠에게는 최상의 사랑인 것처럼 보였고, 사랑한 이상 도통 끝을 내지 않았다. 그게 함부로 사랑을 결심하지 않는 이유다.

그러나 나는 당신 스스로 부정하고 있을 뿐, 이미 고양이를 아주 많이 사랑한다고 단정 짓고 있다. 지난 삼 년 동안 아빠는 길에서 만난 몇몇 고양이 사체들을 수

습했다. 그중에는 팬더가 낳은 핏덩이 같은 새끼들도 있었고, 생판 모르는 고양이도 있었고, 들개에게 물려 죽어 방치된 고양이도 있었다. 최소한의 것은 먹고살도록 한 생명을 챙기다 보면 가혹한 장면을 반드시 마주치게 된다. 내장이 튀어나오거나 사지가 기이한 모양으로 꺾여 딱딱하게 굳어 있는 동물을 발견했을 때, 누군가는 눈살을 찌푸리고 더럽게 운이 나쁘다며 끔찍하게 여길 것이다. 하지만 아빠는 한마디 불평 없이 마땅히 해야 하는 일이라고 여기며 죽은 아이들을 챙겼다. "저것들을 위해 나라도 기도해야 하지 않겠니?" 하며.

죽은 것을 어루만지는 일이란 쉽지 않다. 애정을 품었던 존재가 죽는 것은 더욱 견딜 수 없는 일이다. 아빠 역시 곤혹스럽기는 마찬가지였을 테다. 그러나 아빠는 '기도'를 위해 가까이 다가갔다. 사명이라도 진 사람처럼, 사체를 싸매고 눈을 감겨줬다. 고양이 한 마리의 죽음을 기리기 위해 당신은 기꺼이 홀로 장례를 치르고 외로워했다.

그리고 이제 당신은 당분간 길고양이를 찾아다니며 밥을 주는 행위를 하지 않겠다고 했다. 부쩍 마을에서 고양이들이 잘 보이지 않기도 했고, 무엇보다 지금 챙겨주는 고양이 아지트에 도로가 뚫린다는 소식을 들었기 때문이다. 어제 저녁, 아빠는 츄르를 버무린 사료를 마지막 만찬으로 내어주었다. 어린 고양이들에게 다시는 보지 말자고 인사했다고도 했다. 이곳에 먹이가 끊겨야 로드킬 위험도 적어질 것이다.

나는 아빠가 이렇게까지 고양이를 사랑하게 된 데에는 단 하나의 고양이 '팬더'가 있었기 때문이라고 넘겨짚는다. 아빠의 첫 길친구이자 본격적인 길거리 생활을 하게 만든 장본인, 아니 장본묘, 팬더.

팬더의 시신은 보지 못했다. 살아 있을 수도 있지만 이미 세상을 떠났을 가능성이 높다. 팬더는 두 번째 출산 때 새끼를 모두 잃은 뒤 홀연히 자취를 감췄다. 아빠가 팬더를 우연히 다시 만나게 된 건 어느 아파트 주차장이었고, 그때의 팬더는 이루 말할 수 없을 만큼 꾀죄죄하고 앙상했다고 한다. 그날 이후로 소식이 영영 끊겼다.

녀석을 위해 스티로폼과 수풀을 엮어 만들었던 집만 덩그러니 남았고 아빠는 몇 개월 동안 그 근처를 서성이며 밥을 챙겼다. 누가 먹는지 모르는데도, 누가 먹든 상관없다며. 아무 짐승도 찾지 않아 밥이 썩을 때까지 묵묵하게 그곳을 찾았다.

아빠는 할 수 있는 만큼 해냈다. 사랑이라는 이름으로 호명할 수 있는 모든 행위를 말이다. 아빠에게 이 세상 고양이들은 팬더의 그림자를 가진 그리움의 사자(使者)들이다. 어쩌면 그간 만나는 고양이들마다 꼬박꼬박 끼니를 챙겨준 것도, 만나는 고양이 사체들마다 장례를 치러준 것도 팬더를 떠올리는 과정이었을지 모른다.

아빠의 거리 생활을 너무 편협하게 해석한 것이려나? 하지만 아무도 관심 갖지 않는 '단 하나'에게로 향하는 긴 여정, 어렵고 고독한 사랑의 길을 선택했다는 것으로밖엔 보이지 않는데.

역시 잘 모르겠다. 사랑은 늘 너무 어려운 일이라, 조금 알 것 같으면 금세 저 위로 쑥쑥 자라나 머리가 하늘 끝까지 가 있다. 어찌 됐건 내가 확신할 수 있는 건, 아빠의 휴식기가 그리 길지 않을 거라는 거다. 봄이 되면 아깽이들이 거리에 많이 나올 것이고, 얼룩무늬 작은 아깽이라도 만나면 아빠는 '그 얼굴'을 떠올릴 수밖에 없을 거니까.

팬더, 당신의 고양이. 우리가 알고 있는 당신만의 고양이. 꽃이 피고 고양이가 우는데 사랑을 어떻게 뿌리칠까.

기적은 기척의 다른 말일지도 몰라

한때 내가 가장 빨리 잃게 될 사랑 중 하나가 동생일 거라 생각했다. 녀석은 사진에 담기는 것을 극도로 싫어했다. 영정으로 쓸 만한 멀끔한 모습 한 장 남기지 못했다는 사실이 늘 두려웠다.

수년 전 동생은 자신의 방에서 빈 배처럼 맥없이 떠다녔다. 녀석의 팔다리를 무력하게 만드는 것은 세상에 대한 거대한 분노와 슬픔이었다. 그가 삼킬 수 있는 건 자신이 뿜어내는 감정의 증기밖에 없는 듯했다. 나는 절규할 힘도 거두어진 사람의 눈을 안다. 그 눈을 바라보는 나 역시 아주 깊은 곳으로 고립됐다. 우리 남매는 어딘가 모르게 매일 붕괴되고 있었다.

녀석이 마지막으로 볼 하늘이 자기 방 좁은 천장일 거라는 생각에, 녀석이 쓴 시나리오 속 아름다운 세상이 결국 자신의 가슴속으로 무너질 거란 상심에, 스무 살의 나는 원룸 바닥에 힘없이 주저앉았다. 정신 차리자. 정신 차려. 그런 끝이면 안 돼. 뺨을 내리치며 머리를 흔들었다. 내가 아무리 절박해봤자 그는 모른다. 절박함의 크기도 여섯 평 남짓. 서울과 광주는 너무 멀었다. 닿지 않는 마음은 자꾸만 내 좁은 좌표로 정직하게 추락했다.

매일 가슴속에서 향을 피웠다. 검은 상복을 입고, 빈소에 찾아오는 사람들을 노려봤다. 그만 죽은 게 아니라고, 나에게도 두 번 절하라 소리도 질러봤다. 현실보다 더 외로운 상상이었다. 입관식을 할 땐 벌벌 떨었다. 그리고 나는 혼절하듯 머리를 털며 가여운 내 동생에게 연락했다.

— 뭐 하니.

머릿속에서 몇 번이고 죽었던 동생. 내가 몇 번이고 죽여본 동생. 그는 살아 있다. 뭐 하니, 하고 물으면 그림 그리는 중이었다고 대답한다.

녀석은 언젠가부터 자신의 이부자리를 털고 일어났다. 지금은 일어나면 이불을 갠 뒤 아빠와 기도를 하고 엄마의 부추김에 못 이겨 산책을 따라나설 수도 있게 됐다. 술에 떡이 된 사람처럼 몸을 축 늘어뜨리고 벽에 기대어 있던 모습은 이제 보여주지 않는다.

당혹스러웠다. 더 정확히 말하자면 어찌할 바를 몰랐다. 갑자기 일어나 맨몸 운동을 하고 그림을 그리고 음악을 듣고 식사를 하며 웃는 녀석을 보고, 심지어는 배신감까지 들었다. 네 고통으로 인해 내가 얼마나 힘들었는데 왜 너만 괜찮아져. 그럼 육 년간의 내 고통은 누가 알아줘. 채반 사이로 빠진 얇은 국수 가닥처럼 차가운 바닥에 내동댕이쳐진 기분이었다. 그토록 바랐던 일이었지만 온 세상이 나로부터 등을 돌린 채 나아지고 있었다.

녀석이 스스로 삶의 주인공이 될수록 나는 그 등 뒤로 밀려났다. 늘 휘청거리던 앙상한 뒷모습이 꼿꼿하게 일어서는 것을 지켜보며 할 말을 잃었다. 어느 날 밤, 느닷없이 도착한 녀석의 문자 메시지를 제대로 읽지 않았다면, 나는 영영 내 목소리를 빼앗겼다고 생각했을 것이다.

— 누나. 사람이 천국에 가도, 지금보다 더 힘든 사건이나 사는 동안 가장 싫었던 순간이 반복해서 올 수 있다고 생각해. 그런데 두려워서 못했던 일 다시 도전하고, 실패해도 꼭 일어서는 곳이 천국인 것 같아.

그 말을 보는 순간 먼 광주에 있는 녀석의 방이 내 곁으로 다가온 느낌이었다.

— 그러니까 내가 다시 일어날 수만 있다면 지금도, 천국인 거야.

동생이 나에게 손을 내민 방식. 같이 천국에 있자. '덕분에 이겨낼 수 있었다'는 허울뿐인 말 대신 자신 역시 삶을 새롭게 도전하고 있다고 말해주는 것.

그날 나는 한 손에 핸드폰을 쥔 채 시원하게 울었다. 옆집이 듣든 말든. 오랫동안 앓느라 방 문턱을 넘는 것에 늘 실패했던 너에게 나는 지나가는 말로 이런 말을 한 적 있다. "용기가 진짜 가치 있는 이유는 아무것도 두렵지 않아서가 아니야. 두려운데도 불구하고, 어떻게 될지 모르는데도 나아가려고 하기 때문에 고귀한 거야." 그 말을 이렇게 되돌려주는구나 싶어 웃음까지 나왔다. 이미 모든 걸 알고 있던 네 앞에서 내 입은 얼마나 가벼웠던가.

동생은 잘 지낸다. 애니메이션 영화를 만들겠다는 꿈을 계속 꾸면서. 전처럼 죽고 싶다는 말을 함부로 꺼내진 않는다. 요즘은 멀리 있는 녀석을 떠올릴 때도 장례식장을 찾아가지 않는다. 대신 조용히 뒤에 선다. 등을 웅크린 채 그림에 몰두하고 있는 모습 뒤에 말이다.

이제 녀석이 웃지 않아도 안심한다. 이제 녀석이 조금 지쳐 있어도 안심한다. 걱정하는 마음이 아니라, 정말 궁금해서 '뭐 하니' 묻기도 한다. 세 평 남짓한 그의 삶이 자신의 좌표에서 꿈틀거리고 있는 기적을 느끼며.

우리의 천국은 아직 많이 좁지만 들썩이고 있다. 다시, 다시, 다시. 주문을 외우는 두 명의 목소리로. 기적은 기척의 다른 말일지도 모른다.

나이트 샤워

칠월의 밤은 그리 어둡지 않다. 아주 느리게 멍이 들 듯 천천히 캄캄해진다. 저녁 여덟시에도 창문 너머로 푸른 기운이 생생하다. 쉽게 잠들지 않겠다는 의지 같다.

올여름, 약속이나 한 것처럼 유월의 시작과 함께 아프기 시작했다. 언제 탈이 난 건지 모르겠지만 그것을 시작으로 위염과 장염이 번갈아 찾아왔다. 퇴근 후 삶은 양배추를 아무런 양념 없이 질겅질겅 씹었다. 그뿐만이 아니었다. 지독한 불면증이 다시 도졌고, 낮이 되면 병든 닭처럼 졸거나 시름시름 앓았다. 이틀 밤을 내리 못 자 사흘에 한 번 잠드는 꼴이 됐다. 운이 좋아 빠르게 의식이 끊기더라도 자주 깼다. 겉잠은 거친 동아줄처럼 내 정신을 죄어왔다. 머릿속이 늘 매캐했다. 무엇에 긁힌 건지 알 수 없는 상처를 멍하니 보듯 문득 서러움이 그렁그렁 맺히곤 했다.

지친 몸을 안고 있는 사람은 알 것이다. 밤이 얼마나 길고 고독한지. 오늘도 역시 뜬눈으로 지새우겠구나, 체념할 때의 천장이 얼마나 낮고 답답한지. 게다가, 한숨도 자지 못하고 아침을 맞이하는 날이 자주 일어나다 보면 밤이 될수록 사람이 예민해진다. '무슨 일이 있어도 이번엔 잘 자야 돼.'라는 강박. 아주 미세한 소리에도 흠칫 놀라고, 방의 온도가 알맞지 못해도 새벽 내내 뒤척이게 된다. 못 잤기 때문에 또 자지 못하는 악순환이 반복되는 것이다.

초여름을 내리 그렇게 보내고 나니 마음도 상당히 피폐해졌다. 매사에 의욕이 없어지고 휴일이 와도 생산적인 일을 위한 에너지를 낼 수 없었다. 최대한 몸을 덜 피로하게 만드는 것에 우선순위를 두다 보니 일상이 많이 위축된 탓이다. 어쩔 수 없다, 회복이 우선이니 조금만 더 지켜보자, 합리화하며 아무것도 하지 않았다.

그런데 어째서인지 오늘은 유독 그런 내 모습을 견

딜 수가 없었다. 아니, 이제 칠월인데 언제까지 이렇게 기력 없이 매일 똑같이 보내야 하는 거지. 이러다 여름 다 갈 때까지 아무것도 못하는 것 아닌가, 하는 짜증이 솟구치는 것이다. 유월 이후로 잘 해낸 거라곤 이 엄청난 습도에도 식물들을 안 죽이고 잘 지키고 있다는 것, 마감은 어기지 않았다는 것 정도다. 잠이 얼마나 중요한지 잘 알지만 잠 하나 못 잔다고 어딘가 고장 난 채로 하루하루를 보내야 하는 게 억울하고 분했다.

기필코 이번엔 잘 자보자는 다짐과 함께 빨리 누울 요량으로 조금 어둑해지자마자 샤워를 해버리기로 했다. 그리고 바로 그 덕에 의도치 않았던 새로운 경험을 맛봤다.

머리를 어떻게 굴리다가 욕실 불을 꺼야겠다는 생각으로 귀결이 된 건지 모르겠다. 양치를 하다 말고 문을 벌컥 열어 조명을 껐다. 완벽한 밤은 아니라서 다시 문을 닫았을 때 작게 난 불투명 창문 쪽에 푸른빛이 스민다. 그게 은근히 환했다. 나는 내가 온 마음으로 밤을 맞이하고 있음을 감각할 수 있었다.

이 뜬금없는 어둠의 파티가 반가웠다. 어둠이 내민 손을 흔쾌히 붙잡는 몸. 사위의 캄캄함에 어느 정도 눈이 적응되자 세면대와 변기, 샴푸통들이 서늘한 광택을 내며 자리하고 있는 것이 보였다. 매일 들락거리는 욕실인데 어둠에 잠긴 그곳은 생경했다. 갑자기 이곳이 한국인지 도시인지도 분간이 되지 않는 채로 감각이 꼬인다. 이상하고 아름다운 낯선 감각에 나는 얼른 옷을 훌렁 벗어 샤워에 매진했다. 조금 신이 나는 것 같기도 했다. 욕실은 점차 증기로 가득 차고, 마네킹처럼 창백하고 딱딱해 보이는 몸이 거울에서 지워진다. 타일에 떨어지는 물소리도 유독 크게 들린다. 어느 날 제주의 한 숙소에서 밤새 들었던 파도 소리처럼 나를 먼 데로 데려간다.

매일 충혈된 눈으로 지켜본 밤의 푸른빛. 이 순간만큼은 달았다. 포근하게 나를 안아 새로운 세계로 인도하는 것만 같았다. 내가 그리워한 과거의 장소 같기도 하고, 언젠가 도달해야만 하는 곳 같기도 한 묘한 설렘이 피어올랐다. 여긴 어디일까. 지금 씻고 있는 이유도 어떤 특별한 이야기가 엮여 있지 않을까 하는 엉뚱한 상상도 해본다. 누군가와 밤 데이트를 하기 위해 준비하고 있는 거라든가, 개운하게 씻고 혼자 이국의 야시장을 돌아다니는 모습을 그려보는 것이다. 낯선 곳으로 떠난 긴 여행의 첫날 밤이라 생각만 해도 두근거린다.

어둠 속에서 욕실은 자꾸 시공을 옮겨 다니며 내 상상에 부채질을 한다.

샤워가 끝나고, 여운을 달래기 위해 증기 속에서 잠시 우두커니 서 있었다. 몸을 닦고 문을 열면 다시 내 세계가 있다. 싸늘하겠지. 안방을 밝히는 노란 조명과 열심히 돌아가는 제습기, 그리고 에어컨 바람으로 식어 있는 마른 공기. 찬물을 들이켜며 정신을 차려야겠지. 가슴 아플 만큼 설레는 꿈에서 깬 것처럼 조금 울적하다.

그래도 마냥 슬프진 않다. 오늘 밤도 높은 확률로 깊은 잠에 들지 못하겠지만, 어두운 욕실이 일깨워준 푸른 설렘을 이어받아 괴로움을 달래볼 것이다.

스티커 도둑의 슬픔

서럽게 내지르는 사내아이의 울음이 들린다. 십수 년 전 어느 날, 아홉 살밖에 되지 않은 동생의 음성이다. 소년은 금방 들통날 앙큼한 도둑질을 해놓고 부모 앞에서 아닌 척 시늉하다 혼이 났다. 친구네 집에서 장난감을 훔쳐온 것이다. 하얗고 검은 체스 말처럼 생긴 레고였는데, 그렇게 매끈하고 근사한 장난감이 우리 집에 있을 리가 없었다. 당연히 엄마와 아빠는 당황했고 다음 날에라도 친구에게 돌려주라고 나무라는 톤으로 동생을 다그친 것이다.

원래도 수틀리는 일이 있으면 목청껏 서럽게 우는 녀석이었지만, 그때의 울음은 듣는 이의 가슴을 푹 찌르듯 후벼 파는 소리였다. 녀석은 속아 넘어가줄 수 없는 상황임을 알면서도 "원래 내 장난감이었는데 왜 기억을 못하냐!"며 우기더니, 나중에는 "사실 친구가 나한테 줬다."라는 식으로 제발 그냥 넘어가달라는 듯 애원했다. 그 레고가 뭐길래 그렇게까지 머리통을 굴릴까 싶었지만, 나는 녀석이 느꼈을 수치심과 서러움을 안다. 나 역시 그만큼 어릴 적에 친구의 키티 스티커를 훔쳐 달아난 적 있으니까. 보통 때였다면 동생의 못난 짓을 경멸하는 눈초리로 쏘아봤겠지만 그날은 그럴 수 없었다.

발갛게 익어 일그러진 어린 동생의 얼굴에는 단지 억울함만 묻어 있지 않았다. 자신이 정말로 '도둑질'을 했다는 사실에 대한 공포, 친구처럼 아름다운 장난감을 갖고 싶은데 그러지 못하는 현실에 대한 슬픔, 엄마 아빠의 엄격한 표정 앞에서 느꼈을 당황스러움과 섭섭함. 덕지덕지 얼룩진 서글픔이 소년의 붉은 뺨과 예쁜 속눈썹에 송이송이 맺히고 흘렀다. 속이 쓰렸다. 갑자기 나도 덩달아 바닥을 향해 고개를 숙여야 할 것 같은, 견딜 수 없는 감정이 솟구쳤다.

일곱 살, 아니 여섯 살. 아무튼 그 무렵의 나는 조용한 여자애였다. 어째서 그 나이에 말을 삼키는 법을 알았는지 모르겠지만 하여간 속마음을 따로 둘 줄 아는 애였다. 울지 않고 진심을 감출 수 있는 능력은 지금보다 뛰어났을지도 모른다. 마트에 가면 아빠의 등에 잠자코 업혀 있다가 이따금 엄마에게 손짓했다고 한다. 장난감 코너를 한참 지나서야 입을 떼며, "아까 그거 나중에 사줘." 하는 것이다. 엄마는 그런 나를 늘 속이 깊고 착하다고 칭찬했다. 지금도 그때 그 여자애 얘기만 나오면 입이 마르게 칭찬한다. 마음이 아프니 칭찬할 수밖에 없겠지. 낡고 닳아 한쪽 귀가 떨어진 분홍 토끼 인형이 당시 내 유일한 장난감 친구였는데, 걸핏하면 그 아이를 품에 안고 장롱 속으로 기어들어갔던 기억이 있다. 캄캄한 어둠 속에서 가족의 체취가 섞인 이불 냄새를 맡고 있으면 어쩐지 말을 뱉을 수 있었다. 하나뿐인 귀를 쓸어주며 "착하다, 예쁘다." 웅얼거렸다.

그리고 그 아이도 어느 날 친구의 스티커를 훔치게 된다. 붉은 모자를 쓰고 있거나 핑크색 리본을 두른 키티 캐릭터가 나열된 스티커였을 거다. 사실 훔치는 순간은 생각나지 않아서, 이젠 정말 내가 그것을 훔친 것이 맞는지조차 헷갈리지만 어쨌든 도둑이 되었던 기분은 생생하게 기억난다.

헐레벌떡 빠른 걸음으로 집으로 향하는 동안 얼마나 무서웠는지. 가슴을 부여잡으면 콩닥이는 심장이 더 크게 느껴져서 빽 울고만 싶었다. 친구가 화를 내며 쫓아오면 어떡하지, 엄마가 눈치채면 어떡하지, 내가 진짜 나쁜 애면 어떡하지. 그러나 나는 이내 발걸음을 멈추고 왔던 길을 되돌아갔다. 주인에게 스티커를 돌려주고자 그런 게 아니다. 착한 아이였던 이 못된 아이는 집에 들어서기 전에 스티커를 모조리 다 소진하자고 마음먹은 것이다.

온 동네를 쏘다녔다. 최대한 그 친구의 눈에 띄지 않으면서도 붙였을 때 예쁜 자리를 찾아야 했다. 전봇대, 담장, 어느 집 대문, 길가에 놓인 자전거, 햇빛을 쬐고 있는 화분들. 곳곳에 둥그런 키티 얼굴들을 붙여버렸다. 그리고 최후의 한 장만 남기고 집으로 돌아갔다. 엄마는 내 범행을 눈치채지 못했고, 나는 가슴을 진정시키며 고민했다. 마지막 스티커는 어디에 장식해야 하나. 두리번거리다 눈에 들어온 물건. 당시 아빠가 사용하던 아령의 한쪽 끝에 붙이기로 했다. 툭, 잘도 들러붙는 스티커. 콧구멍이 벌렁거리고 등골이 시원해지는 결말이었다. 내 일기장이나 필통도 아닌, 겨우 아빠의 아령에 이것을 붙이기 위해 여기저기 멀리도 탐험한 것이다. 이윽고 슬퍼졌다.

이후로 열심히 그 친구를 피해 다녔다. 다행히 얼마 지나지 않아 마을의 유일한 또래 친구였던 그녀가 이사를 가게 됐고, 그제야 나는 안심한다. 초등학교에 들어가기 전이지만, 나는 내가 얼마나 비겁한 짓을 저질렀는지 알고 있었다. 어른들이 나더러 착하다고 칭찬할 때마다 눈물이 날 것만 같았다. 아빠의 아령에 착지한 스티커는 색이 바래고 프린팅이 완전히 벗겨져 하얗게 변할 때까지 끈질기게 붙어 있던 걸로 기억한다. 그 밋밋하게 닳은 흰 면을 노려보거나 게슴츠레 쳐다보다 어느 순간 그것을 잊었다. 시간이 흘러, 우리 가족 역시 온갖 쓰레기 더미와 함께 아령과 토끼 인형을 버리고 그 마을을 떠났다.

남의 집에서 건너온 아름다운 레고들이 거실 바닥에 눈물과 함께 흩뿌려진 광경. 동생의 헝클어진 얼굴도 본다. 녀석은 엄마의 품에서 축 늘어진 채 훌쩍이고 있었다. 한결 누그러진 목소리로 친구에게 장난감을 돌려줄 것을 약속하라는 엄마. 울음에 잠겨 있는 목소리였지만, 녀석은 알겠다고 잘 대답한다. 정말 그다음 날 친구에게 정식으로 사과하고 장난감을 돌려줬다. 그리고 언제 그런 일이 있었느냐는 듯 초등학생 시절 내내 그 친구와 잘도 놀았다. 녀석은 의외로 용맹했고 잘 떨쳐냈다. 나 홀로 떳떳지 못한 사람이 되어, 두 사람 사이를 떨떠름한 눈빛으로 지켜봤던 기억이 난다. 그 감정은 시샘도 아니었다.

이따금 다시 장롱 안으로 기어들어가는 듯한 느낌을 받는다. 이젠 껴안을 인형도 없으니, 나는 무엇에 대고 착하다 해야 할지 나쁘다 해야 할지 예쁘다 해야 할지 모르는 심정이 된다. 어둠 속에서 입만 뻐끔대다 이번에도 말을 삼킨다. 여전히 그 언젠가의 작은 도둑질을 두려워하며 신경 쓰고 있다는 뜻은 아니다. 진작에 들켰을지도 모른다고 생각한다. 감췄던 마음이든, 훔친 스티커든, 뉘우침이든, 나의 누추한 무엇을 누구에게든 말이다. 소용없는 일이다.

내가 관심 있는 건 이 어둠을 찌르는 빛이다. 빛은 틈을 귀신처럼 안다. 내 이마 위로 드리운 희고 서늘한 빛줄기. 장롱 문틈 사이로 보이는 세상이 여전히 밝다. 그럼 된 것이다. 이미 탄로 났다 해도, 나의 비밀은 비밀을 키우지 않고 비밀로서 죽었다. 그 이상 말할 것이 없다는 사실에 마음이 편안하다.

스티커 도둑의 슬픔을 밀봉한다. 더는 미워하지도 그리워하지도 않을 시절이 되었다. 좋은 일이다.

홀로 짙은 빨강이 된다는 것

그날 저녁은 유독 노을이 짙었다. 초등학교 5학년 어느 날의 하굣길. 나는 학교를 대표해 나가는 단소 경연 대회를 준비하느라 트레이닝을 받고 녹초가 된 상태였다. 음악 선생님이 소개해준 전문 연주자께 일대일 레슨을 받게 되면서 매일 다른 친구들보다 늦게 집으로 돌아갈 수 있었다.

나는 일이 이렇게까지 커질 줄 전혀 예상하지 못했다. '단소'라는 건 내게 그저 낯선 이름일 뿐이었고, 정규 교육과정을 밟으며 처음 경험한 악기이기 때문이다. 친구들이 단소를 입에 물고 훅훅 바람 빠지는 소리만 내며 헛발질할 때, 어째서인지 나는 아주 시원하고 정확한 음을 쉽게도 냈다. 선생님을 포함해 학급 친구들까지 모두가 눈을 휘둥그레 뜨고 쳐다볼 때 머쓱하게 웃을 수밖에 없었다.

그때부터 정말 부담스러운 타이틀을 짊어졌다. "전교 1등이 단소 천재이기까지 하다니!"라는 휘황찬란한 수식이 붙었기 때문이다. 나는 1등을 지키는 데에도 이미 충분히 안간힘을 쓰고 있었다. 겨우 초등학생이었으면서 2등이 되면 큰일 나는 줄 알았으니까!

엄마가 진심으로 웃고 흥분하는 때는 내가 만점짜리 시험지를 받아오거나 상장을 휩쓸어올 때라고 생각했다. 살림에 보탬이 되려고 늘 검소한 차림으로 다니던 엄마가 씩씩하게 동네를 활보하고 다닐 수 있던 것도 나 때문일 거라고. 이상한 책임감이었다. 그녀가 가진 것 중에서 가장 빛나는 것. 바로 나였으니까.

"딸내미 덕에 어깨를 피고 산다. '해서 엄마'라고 하면 어딜 가도 다들 나를 알아본다니까?"

나를 와락 껴안아주는 그녀. 그 품에서 절대 벗어나고 싶지 않았다. 엄마가 계속 웃었으면 했고, 잠든 동생과 나를 두고 밤 동네를 방황하는 일은 그만뒀으면 좋겠다고 생각했다. 그런데 그 따뜻한 포옹을 계속 맛보려면, 이제 단소까지 잘해야 하다니!

하기 싫다는 소리를 죽어도 하기 싫은 아이는 어쩔 수 없었다. 내가 지치는 것보다 엄마가 지치는 것이 세상에서 제일 두려운 일이었기 때문에 군말 없이 학교가 하자는 대로 따랐다.

단소 트레이닝은 어른들의 계획대로 순탄하게 진행됐다. 경연 대회를 위해 내가 습득해야 하는 곡은 '영산회상'의 〈상영산〉이라는 어마어마한 곡이었다. 국악 관악기를 태어나 처음 배우는 아이가 해내야 할 곡치고는 매우 느리고 장엄하다. 그만큼 날숨을 길게 불 수 있어야 해서 복식호흡이 탄탄하게 뒷받침되어야만 한다. 각 학교 대표들이 모이는 대회인 만큼, 이미 단소를 잘 이해하고 있는 친구들이 주로 출전을 할 텐데 나 같은 초짜는 정말 기를 쓰고 덤벼도 힘들 판이었다. 처음으로 내 뜻대로 되지 않는 내 몸을 경험했다. 단기간 내에 일정 수준에 도달하고 정간보를 달달 외우기 위해서 젖 먹던 힘까지 짜냈다. 레슨이 끝나면 눈앞이 핑 돌 정도였다. 모든 기력이 바닥난 육신이 그렇게나 무겁다는 걸, 열두 살에 처음 깨달았던 것 같다.

그날도 어김없이 저녁이 다 되어서야 집으로 돌아갈 수 있었다. 이러한 일과가 익숙해질 무렵, 나는 평소보다 훨씬 더 조용한 아이가 되어 있었다. 괜한 말로 입을 벌리며 호흡을 낭비하고 싶지 않았기 때문이다. 아무도 없는 교실로 돌아가 책가방을 챙겼다. 실내화를 벗어 신발장에 넣어두고 낡은 운동화를 챙겨 복도를 걸었다. 노을빛으로 물든 학교는 곧 타오르기라도 할 것처럼 벽과 천장이 짙은 오렌지색이었다. 포근하지만 무거운 공기를 헤엄치는 기분으로 나아갔다. 귤색 나시를 입은 엄마가 보고 싶었다. 옅은 땀냄새와 부드러운 가슴. 품에 안겨 있으면 내 이마를 간질이던 그녀의 곱슬머리. 곧 본다. 힘을 내야지.

걸음을 재촉하던 나는 학교 정문으로 향하는 출입구에 신발을 내려놓다가 문득 멈추고 만다. 찬란하게 빛나는 운동장이 보였고, 남자아이들이 신나게 공을 차고 있었다. 강당 근처 벤치에는 같은 반 여자애들이 모여 수다를 떨고 있다. 복도 안으로 파도처럼 들이치는 웃음소리, 즐거운 외침. 그때 벤치 쪽 무리에 있던 한 친구가 이쪽을 발견한다. “해서!” 그리고 반갑게 손을 흔든다. 그 애 옆에 있던 애들이 소리친다. “일로 온나!”

나는 화들짝 놀라 바닥에 뒹굴던 신발을 챙겨 뒤돌아 내달렸다. 찰캉찰캉. 책가방 안에서 필통 흔들리는 소리가 요란하게 울리고, 얼굴이 미친 듯이 뜨거워졌다. 빰이 타올랐다. 왜 도망치고 있는지도 모르는 채 후문 쪽을 향해 내달렸다. 그곳은 이미 빛이 다 빠져나가고 난 후인지, 어둡고 서늘했다. 대충 꺾어 신은 신발 때문에 속도가 나지 않았지만 헐레벌떡 움직였다.

횡단보도에서 신호를 기다리며 몇 번이고 뒤를 돌아보았다. 그러나 건널목을 건너는 꼬마는 나밖에 없었고, 그제야 안심했다. 교복을 입은 언니 오빠들 사이로 얼른 몸을 숨겼다. “해서!” 외치던 그 들뜬 목소리가 계속 귀에 맴돌았다.

집으로 이어지는 길고 낮은 담벼락 아래를 걸으며 조금 울었다. 서러움이라는 건 홀로 짙은 빨강이 되는 기분이라는 것. 나는 눈도 코도 빨개진 것을 견딜 수 없어 바람에 얼굴을 말려야만 했다. 이마와 볼의 열기가 서서히 식자, 다시 허리를 숙여 신발을 똑바로 고쳐 신었다. 그리고 내가 지켜야 하는 동굴, 나의 집으로 터벅터벅 돌아갔다.

까마득하게 오래된 일이지만 매일 해가 넘어가는 시간이 되면 그날이 선명하게 떠오른다. 시린 눈으로 올려다본 붉은 하늘과 어지러운 머릿속. 아파트와 가로등과 같은 풍경이 순식간에 사라지고 나 홀로 공중에 떠

있는 것만 같은 기분. 이젠 그날처럼 서럽지 않지만, 내가 몸 담았던 빨강의 감각은 여전히 기억할 수 있다. 그럴 때면 가던 길을 멈추고 잠시 눈을 감거나 공중에 뺨을 내어준다.

엄마의 품인 것 같기도, 옛날 그 초등학교 운동장에서 있는 것 같기도 하다. 낡은 기억의 품에 잠시 몸을 맡기면, 신발을 고쳐 신던 그 어린아이처럼 다시 괜찮아진다.

지금도 내 가방에서는 필통 흔들리는 소리가 난다. 일부러 씩씩하게 걸어본다. 찰캉찰캉. 이 소리, 사랑하는 곳으로 돌아가는 소리. 도망치지 않는 소리. 나는 언제나 갈 것이다. 내가 가야 할 곳으로.

나는 신을 당신이라 부른다

동생은 매일 밤 내게 카톡을 보낸다. 주로 자신을 위해 기도해달라는 내용이다. 그는 내가 어떤 신도 믿지 않음을 안다. 신의 유무를 따지는 일에도 별 관심을 두지 않는다는 것도 잘 알고 있다.

투철한 신앙인으로 자란 동생은 내가 광주 본가로 내려가 함께 있을 때면 하루도 빠심없이 성서 이야기를 들려준다. 실제로 그 어느 영화 줄거리보다 재미있을 때도 있고, 사유의 정교함에 소름이 끼칠 때도 있다. (녀석이 타고난 이야기꾼이라 그럴지도.) 정체를 가늠할 수 없는 까마득한 무언가를 상상하며 인류가 이어온 서사가 가슴이 뛸 정도로 장대하고 섬세해서 감탄하게 된다. 물론 어디까지나 “정말 아름답군!” 정도로 감응할 뿐이다.

어쨌든 녀석은 내가 어디에 있든 함께 기도하기를 원했다. 누나, 오늘도 좀 기도해주라. 누나, 마음이 불안해서 그러는데 같이 기도해줘.

솔직히 말하자면 기도와 관련해선 동생에게 어떤 응답도 해주고 싶지 않았다. 삶이 뭘까 싶어 내 존재 가치를 의심했던 순간에도 신을 찾은 적이 없고, 초월적인 무언가를 향해 촉을 기울인 경험이 거의 없기에 기도하는 방법을 하나도 모르기 때문이다.

눈을 꼭 감아야 하나? 몇 분 동안 해야 하나? 두 손을 모아야 하나? 도중에 일 초도 잡념에 빠지면 안 되나? 누구한테 빌어야 하나? 말투는 어떻게 처리해야 하지? 무슨 내용을 말해야 하나? 그냥 아무 말 안 해도 신이면 알아서 듣겠지? 이미 내 마음 아는데 기도를 왜 따로 해야 해? 간절함을 제대로 보여주는 것이 중요한 건가? 그렇다면 너무 따분한 신 아닌가?

뭐, 이런 식으로 물음이 끝도 없이 시끄럽게 이어지기 때문에 간결하고 아름다운 기도를 하기란 여간 힘든 일이 아니다. 하지만 유난스럽게 기도에 집착하는 동생을 보며 나 또한 어쩔 수 없이 기도 비슷한 것을 이어가고 있다. 어쨌든 나는, 남들보다 슬픔의 임계치가 낮은 내 동생을 위해 매일 밤 신을 찾는 인간이 되었고 나름의 기도법을 만들기에 이르렀다.

그의 가슴에서 가장 뜨거운 지점을 당신이 이미 알고 있기를.

그의 고독을 당신이 헤아리고 있음을 스스로 알게 하기를.

그가 기도에 집착하다 되려 당신보다 기도에 의지하는 일은 없기를.

그의 권태와 좌절이 당신을 실망시키지 않기를.

그가 당신을 경외하는 것을 넘어서서 사랑하게 되기를. 그리하여 이 삶을 용감하게 모험하기를.

나는 신을 당신이라 부른다. 당신이라 하지 않으면, 마음 편히 솔직하게 기도할 수 없기 때문이다. 신을 알고 있지만 믿을 마음이 없는 '나'와 이미 나를 알고 있겠지만 내게 관여하지 못하는 '신'. 그럼 대등하게 서로를 불러야 하지 않을까. (너무 위험한 발언이려나.)

동생을 위한 기도를 할 때 내 사적인 욕망이나 두려

움까지 덤으로 붙이지 않는다. 매일 한두 문장 정도 '그'로 시작하는 바람을 나열할 뿐이다. 이게 기도로서 무슨 의미가 있을까 싶고, 그만둘 수 있으면 그만두고 싶지만 그러지 못했다. 말했다시피 내겐 신이 의미가 없으므로, 기도할 때면 가슴속 동생을 떠올리기 때문이다. 동생이 어둠 속에서 간절하고 경건하게 기도하는 모습을 그리기 때문이다. 그럼 먼발치에서 그를 보며 조용히 속으로 되뇌는 것이다. 당신이 들어주면 좋겠어, 당신이 저 아이를 잘 알면 좋겠어, 하고.

언젠가 녀석에게 물어본 적 있다. 왜 내 기도가 필요하냐고. 그리고 돌아오는 대답에 잠깐 할 말을 잃었다가 끄덕였다.

"누나가 나를 위해 기도해준다고 하면 든든해. 나는 기도할 때 신에게 닿기를 엄청나게 간절히 바라야 하는데, 누나에겐 누나가 이미 신이잖아. 말하면 닿잖아. 진짜 뭔가가 일어날 것 같아."

그가 말하는 '일어날 것 같은 무언가'가 무엇인지 나는 알지 못한다. 하지만 모르는 채 간절한 것도 충분하다는 생각이 들었다. 그는 매일 외국어를 공부하고, 자신만의 그림체를 연구하느라 머리를 싸매고, 시나리오를 쓴다. 녀석이 자신의 작은 방 안에서 행한 모든 움직임들. 그 위대한 사부작거림. 이미 무언가가 일어나고 있는 과정이지 않을까. 녀석은 그것도 모르는 채 간절한 몸뚱이로 기도를 올리는 게 아닐까.

그렇다면 이 기도는 계속되어야 할 것이다. 무엇이든 일어날 테니까.

저 아이는 당신을 향해 자꾸 가슴을 펴고 허리를 세울 테니 당신은 계속 들어야 할 것이다. 지겹겠지만, 당신과 상관없는 내 목소리까지도 함께.

잊히지도, 잊을 수도 없기를

2020년 화창한 사월의 어느 날. 외할머니는 팔순을 맞이했다. 슬하에 자녀로 아들 셋 딸 셋을 두었지만 명절을 비롯한 북적이는 가족 행사마다 오롯이 기쁜 적이 없었다. 매번 아들 둘 딸 둘과 그 손주들만 모였고, 호화롭고 기름진 상차림 앞에서 늘 남은 자식들에 대한 그리움을 삼켜야 했다.

여든 번째 생일에도 마찬가지. 큰딸이 싸온 과일과 돼지고기, 막내딸이 준비한 소갈비찜, 아들네가 준비한 떡과 각종 회. 여든보다 훨씬 젊고 어린 이들의 입속으로 음식이 질겅질겅 씹혀 사라지는 모습을 지켜보며 당신은 조금 웃다 젓가락을 내려놓았다. 음식이 맛있을수록 좋은 날일수록, 맛있지만도 않고 기쁘지만도 않다. 그 마음을 나눌 남편도 수년 전에 먼저 갔다.

나는 오랜만에 방문한 시골을 천천히 둘러보았다. 뒷마당 감나무에 연둣빛 잎이 돋아났다. 외할아버지의 손길이 끊어져 방치되고 있는 앞뜰 소나무와 화초 위에도 흰 꽃씨가 날린다. 담장 너머로 보이는 스산한 대나무 숲도 봄바람이 불자 싱그럽게 몸을 떤다. 그 모양들을 보고 있자니 가슴이 이상했다.

분명히 살았던 날인데, 생생하게 기억하는 과거인데, 뒷마당과 앞뜰, 숲 사이로 보이는 추억들이 어쩐지 낯설었다. 사촌들과 숨바꼭질을 하다 감나무 뒤로 몸을 숨겼던 날, 담장 위에 걸터앉아 하모니카를 불던 외할아버지, 지금은 대나무로 뒤덮여 사라져버린 밭에서 열심히 나물을 뽑아 바구니에 담던 식구들의 손, 푸세식 화장실의 악몽, 낡은 지붕 아래를 뛰어다니던 쥐들의 씨름 소리. 다른 사람의 기억을 훔쳐보는 것처럼 어지럽고 낯설다.

그러자 여든 해라는 아득한 시간을 통과해온 외할머니의 가슴엔 어떤 봄이 남아 있을지 궁금했다. 맑은 봄날, 생일이 돌아올 때마다 당신은 어느 장면에서 숨을 멈추고 간지러운 가슴을 진정시켰을까. 어느 날 문득 혹은 슬그머니 사라진 존재들이 그곳에 옛 모습 그대로 있을까. 엄마, 자네, 딸아, 정심아, 라고 부르던 사람들이 거기에 있을까.

거나한 식사 시간이 끝나고 상을 정리하자 휑한 바닥이 드러났다. 외할머니는 가만히 바닥에 앉아 외할아버지의 산소에는 너희들끼리 가라 하셨다. 그렇게 그녀의 두 아들과 두 딸 그리고 손주들은 생일의 주인공을 뒤로하고 대문을 나섰다. 뭉근한 봄 공기에 취해 우리는 조잘조잘 말이 많았다. 엄마의 얼굴도 화창했다. 나는 그 표정을 보면서 다행이라고 생각했다.

그런데 작은 소동이 벌어졌다. 산소에 도착해 외할아버지가 생전에 좋아하셨던 진로 소주를 놓고 평화롭게 인사를 드리던 차에, 엄마의 오른팔 위로 참개구리가 올라탄 것이다. 시큰둥하거나 질색하는 남자들과 달리 여자들은 탄성을 지으며 몰려들었다. 아주 작고 여린 초록색 몸이 겁도 없이 사람의 팔에서 폴짝거리다니.

어머나, 이게 무슨 일이야. 어쩜 이리 예뻐. 개구리가 이럴 수 있나. 혹시 이 개구리가 우리 아버지인가. 아니면 아버지가 보냈을까. 에이, 그럴 리 없지. 이제 가. 조심히 가.

엄마는 아기의 손가락을 만지듯 개구리를 쥐고 외할아버지 곁에 풀어주었다. 순식간에 풀 사이로 몸을 감추는 녀석. 봄이 살아 있다면 저런 모습일까. 저렇게 나약한데 겁도 없고 생생한 게 봄일까. 그러다 불쑥 사라져버리는 것일까.

나는 엄마의 표정을 보았다. 여전히 화사했다. 다시 우르르 외할머니가 계신 집으로 되돌아가는 길, 엄마는 쪽빛 대문 앞에 멈춰 명패를 두어 번 쓰다듬었다. 외할머니 이름 옆에 외할아버지의 이름이 아직 있다.

하룻밤을 보내고, 바리바리 챙겨주신 취나물과 민들레, 방앗잎 등을 싣고 우리는 광주로 돌아갔다. 며칠 동안 맛있는 봄나물을 곁들여 식사를 했다. 냉장고에도 식탁에도 배 속에도 외가가 있다. 엄마는 내가 엄마의 표정을 살피듯 외할머니의 얼굴을 살폈던 것 같다. 연로하고 지친 당신이 행복해 보이지 않아 마음이 쓰인다고 입을 열었다. 자식으로서 늘 미안하다고도 했다. 나는 그녀들의 봄이 가여워 조금 슬펐다. 슬퍼하다, 언젠가 내가 이어받을 봄을 떠올려버렸다. 외할머니도 없고 엄마도 없고 나만 남을 봄.

하지만 기억한다. 지나가버린 수많은 봄을 떠올리며 얼굴에 빛이 피어오르던 엄마의 얼굴. 개구리를 놓아줄 때, 명패를 쓰다듬을 때, 그리움에 젖던 그 얼굴. 다시 씩씩하게 외할머니가 있는 이 봄을 가슴에 담던 얼굴.

오랜만에 방문한 시골에서 옛 기억을 더듬으며 느꼈던 낯선 감정. 그것은 정말 새롭게 다가온 감각이었던 걸지도 모른다. 이상한 기분에 소스라치던 그때, 어쩌면 내 얼굴에도 엄마의 얼굴을 스친 표정들이 지나갔을지도 모른다. 이미 살았던, 분명하게 기억하는 과거. 지금 살고 있는, 분명하게 기억될 현재. 초초분분의 감각이 훅 끼쳐왔다. 이미 사랑하고 있지만, 더 사랑하고 싶은 사람들의 얼굴이 떠올랐다.

봄이었다. 나와 우리를 관통하는 봄. 팔 위에서 폴짝거리는 봄. 마당에도 냉장고에도 얼굴 위에도 내려앉는 봄. 겁도 없이 생생하게 사랑하고 싶게 만드는 봄.

나는 다시 고개를 들어 엄마를 본다. 엄마 너머의 지저분한 부엌 싱크대, 빛이 깊게 들이친 거실. 노트북 앞에 앉아 작업하는 아빠. 음악을 들으며 베란다를 내다

보는 동생. 전부 새긴다. 어느 때보다 생생하게 살아내고 싶어진 날이니 가만히 있을 수 없다. 빛보다 빨리 저들에게 닿을 만큼 응시할 수 있을까.

감히 그럴 수 있다고, 이 봄이 잊히지도 않고 잊을 수도 없다고 믿어본다.

그 언덕

세상이 오후의 물그림자처럼 보이는 계절, 봄.

수면 위에 잔잔하게 흔들리는 형상처럼 거리의 색도 모양도 여리고 무르다. 새로 난 잎이나 꽃망울들은 겨울을 잊은 모양인지, 아이들이 놀이터로 쏟아지는 것마냥 세상 속으로 거침없이 번지고 있다. 천진한 환호성까지 들리는 듯한데, 착각일까. 사위에 희고 맑은 봄볕이 쏟아지고, 산책하는 강아지나 낮잠 자는 고양이가 자주 보인다. '너희를 위한 계절이 왔구나.' 싶다.

일터로 가는 길에 만난 아침의 라일락과 퇴근길에 다시 만난 저녁의 라일락이 미묘하게 달라진 것도 나는 알아챌 수 있다. 밤이 오면 어둠에 이파리가 잠식되기 때문에 환한 꽃무리가 아주 선명하게 보인다. 매일 조금씩 더 무성해진다.

라일락의 하루는 어땠을지 생각해보는 밤. 섬세한 연보랏빛이 눈앞에서 아른거리면, 잠든 아기의 속눈썹을 들여다볼 때처럼 알쏭달쏭한 마음이 든다. 아주 깊게 잘 잤으면 하는 바람과 눈을 떠서 날 봐줬으면 하는 바람이 동시에 들면서 미개척된 묘한 기대감이 차오른다. 단지 꽃이 폈을 뿐인데. 흰빛, 연보랏빛, 연둣빛. 봄의 신호등에 맞춰 몸도 마음도 순응하며 멈추고 나아가는 것 같다.

그중에서도 특히 유심히 지켜보는 봄의 색깔은 바로 연둣빛이다. 다들 벚나무 아래서 카메라를 들며 야단스럽게 정취를 느낄 때 나는 고운 녹색을 찾는다. 벌레의 양식이자 새들의 그늘, 나무의 젊음이 되어줄 강한 생명의 징후!

벚꽃이 지고 초록이 시야를 장악하는 때가 오면, 나 역시 우주라는 우람한 나무 아래서 자라는 작은 풀 같은 존재임을 인지한다. 그 나무가 드리운 그늘의 감각이 너무나도 넓고 깊어서 편안하다. 이 품을 절대로 벗어나고 싶지 않다는 생각이 들 정도로. 사람의 홍채가 자주 보는 대상의 색소를 그대로 흡수한다고 하면, 여름이 오기 전까지 내 눈은 아마 밝은 연둣빛으로 가득하지 않을까.

눈을 감은 채 봄의 푸른 들판을 그려보는 건 내가 정말 자주 하는 상상이기도 하다. 들판의 입구로 성큼 다가서면, 키가 작아지고 피부가 부드러워지고 머리색이 연해진다. 그렇게 순식간에 아홉 살이 되어 어릴 때 살던 동네 입구에 서 있다.

그 동네 어귀에 샛길이 하나 있었다. 샛길을 따라가면 푸른 둔덕이 나온다. 봄이 되면, 뱀의 허리처럼 좁게 난 언덕길 옆으로 들풀이 무릎 높이만큼 자라 군데군데 흰 꽃을 피우던 곳이다. 오랜 시간 주인 없이 방치된 무덤 하나가 외롭게 누워 있다. 그러나 전혀 무섭지 않다. 무덤은 초록의 더미에 묻혀 잘 보이지 않았다.

온갖 것의 무대. 삶과 죽음이 뒤섞인 자리. 저마다 고유한 방식으로 아름다워도 엉망이 되지 않는 그곳. 그래서 모든 존재에 무심한 언덕. 내 아지트.

지금은 완전히 달라졌겠지만, 그 언덕은 공터였다. 각종 쓰레기들이 수두룩하게 버려져 있지만, 거긴 공터니까, 잡다한 들풀 속에 내던져진 것들이 지극히 자연스러워 보였다. 슬레이트 지붕과 구멍가게, 당집 앞에 세워진 가짜 대나무, 쓰레기봉투를 뒤지는 고양이. 뭐 그런 것들만 다닥다닥 붙어 자라는 동네에서 내 아지트만큼은 넓고 환했다. 어른들 눈에는 방치된 땅처럼 보였겠으나 내 눈엔 특별했다.

언덕으로 들어서는 샛길에 낮은 단층집이 하나 있었는데, 그 집 대문 앞을 지나가면 줄에 묶인 검은 개가 왕왕 짖어대곤 했다. 으르렁거리는 소리가 무서워서 대문이 닫힌 날에만 눈을 질끈 감고 후다닥 통과할 수 있었다. 두려움을 무릅쓰고 찾아갈 만큼 그곳이 좋았던 이유는 학교 운동장과는 또 다른 분위기로 넓게 트인 공간이었기 때문이다. 볕이 좋은 날엔 언덕이 거의 노랗게 보일 만큼 화사한 연둣빛으로 일렁였다.

흰나비, 노란 들꽃. 내 마음도 통통 팝콘처럼 부풀어 오른다. 경사가 가파르진 않았지만, 아스팔트 도로까지 내려가려면 아홉 살짜리 걸음으로 오 분은 걸어야 했다. 시간이 많은 날엔 그곳을 몇 번이고 오르락내리락하며 달리곤 했다. 나의 달리는 모습이, 시비 걸기를 좋아하는 어떤 무서운 어른 눈에 발각될까 봐 천천히 움직이기도 했다. 한참 그렇게 혼자 놀다 아래를 내려다

보고 있으면 시원한 바람이 불어 목덜미와 겨드랑이에 찬 땀을 식혀줬다. 좋은 냄새가 나는 사람이 나른한 손길로 나를 쓰다듬어주는 듯하여 졸음이 몰려왔다.

연둣빛 풀숲과 한 몸이 되었던 감각. 쭈그리고 앉으면 몸이 투명인간처럼 사라질 것 같은. 누구도 관심을 두지 않는 터를 사랑한다는 뿌듯함으로 킥킥 웃었다. 의미 없는 애정이 자부심이었던 시절, 나는 연둣빛 속에서 연둣빛처럼 놀았다.

시간이 흘러 고학년이 되었고, 학업에 매진하느라 언덕을 잊어버리고 말았다. 아니, 잊었다기보다는 어쩔 수 없이 마음속에서 밀어냈을 것이다. 고학년이나 되었으니 공부를 더 잘해야 한다는 어른들의 압박이 고되었으나 참을성을 길러보기로 하면서. 아지트는 주인을 잃었다. 얼마 지나지 않아 그 언덕을 옆 동네에 사는 사내 녀석들이 차지했다는 걸 알았고, 이사를 떠나는 날까지 다시 찾지 않았다.

봄은, 무덤 옆에서도 은밀하고 포근한 행복을 누렸던 꼬마인 나를 기억할 것이다. 나 역시 그때를 잊을 수 없다. 연둣빛 숨결. 조용하게 움트는 환희. 제자리에서 가만히 흔들리고만 있어도 공중으로 몸이 솟구치는 듯한 짜릿함. 두둥실 근육이 확장되는 때!

그때를 어떻게 잊을 수 있을까. 거리에 나고 자란 라일락과 이파리들 역시 그런 감각으로 피어나고 돋아나는 중이겠지. 나는 내 어린 시절의 작은 머리통을 떠올린다. 푸른 둔덕 사이에 빼꼼 솟아오른 까만 머리통. 안 보일 줄 알고 킥킥거리는 그 정수리를 쓰다듬자, 흠칫 고개를 들더니 손길이 나른한지 이내 꾸벅꾸벅 잠이 드는 아이.

숨을 참으며 조용하게 아이의 곁에 앉아, 아이가 내려다보던 연둣빛 세상을 본다. 그리고 곤히 잠든 그 아이를 위해 커다란 나무가 되고 싶다는 생각을 해본다. 내 안의 온갖 연두를 끌어올리는 것이다. 아이가 이 곁을 오래도록 머물기를 바라며, 나는 영원히 자라나고 영원히 그 자리일 것이다.

봄은 온다. 지난날과 오는 날 전부를 까치발로 부지런히 둘러보는 어떤 어른들을 위해서도, 기어코 온다.

원더풀 라이프

고레에다 히로카즈 감독의 영화 〈원더풀 라이프〉를 보고 나면, 딱 하나의 질문이 남는다. 죽음의 순간에 가져가고 싶은 기억은 무엇일까.

이 영화의 설정에 따르면, 모든 인간은 천국으로 가기 전 일주일 동안 중간 지대에 머문다. 살아생전의 추억을 돌이켜보고 가장 소중한 기억을 고르면, 중간 지대의 직원들이 그 순간을 짧은 영화로 재현해주는 것이다. 그 영상을 보며 영원한 안식에 들게 된다는, 아주 따뜻한 관점의 영화다.

등장인물들이 마지막까지 품고 가는 소중한 기억은 그리 거창하지 않았다. 흩날리는 벚꽃의 풍경이거나 비행기 조종대에서만 목격할 수 있는 하늘의 모습, 아내와 함께 공원에서 나눴던 대화의 순간. 뭐, 그런 것들이다. 이 영화를 알기 전에도 나는 사람들에게 종종 물었던 것 같다. 조금 다른 형식의 질문으로 말이다. 언제 가장 행복해?

"네 엄마 퇴근 시간에 마중 가는 길은 언제나 좋다. 늘 같은 마음으로 나간다."

"진한 노을빛이 구름 사이사이를 뚫고 나오는 시간."

"침대 위에서 빈둥거리는 게 짱이야."

"비 오는 날, 예쁜 우산을 들고 걸어야지."

"힘든 일과를 마친 늦은 밤, 좋아하는 배달 피자를 펼쳐두고 시원한 맥주 한 모금 들이켤 때."

"내 고양이가 품으로 들어와 같이 잠들 때."

"여름!"

한 사람이 아주 작은 마음의 파동에 집중하며 평화로워지는 것을 지켜보면 신비롭다. 어떤 교감이, 어떤 계절이, 어떤 음식과 사람이 내 행복의 주파수와 딱 들어맞을 수 있다니. 온순하게, 그러나 탐미하는 자세로 생을 느낄 수 있다니.

우리 몸엔 아주 뛰어난 감각기관이 존재한다. 바람에 스민 아카시아 꽃 냄새를 귀신같이 눈치챌 만큼 예민한 감각 말이다. 뜨거운 냄비를 만졌을 때 손이 바로 귀로 가는 것처럼, 큰 목소리로 열렬히 호응하거나 느긋하고 조용한 웃음을 짓는 저마다의 행복 루트 역시 뼈와 근육 사이사이에 자리할 것이다. 왜 좋냐고 따져 물을 수 없다. 그 사람이기 때문에, 내가 나이기 때문에 소유할 수 있는 감각이니까.

때론 죽음의 순간에 떠올릴 가장 행복한 풍경이 무엇인지 알고 싶어서, 여태 살고 있는 게 아닐까 생각한다. 망나니처럼 살지 말아야겠다고, 성실하게 잘 살고 싶다고 결심하게 되는 이유다. 무서울 정도로 깊게 눈을 감고 있는 내 부모와 친구와 애인의 얼굴, 그리고 역시나 깊게 눈을 감고 있는 내 얼굴. 그들의 감은 눈을 상상하면 두려운 예감이 들어 가슴이 갑갑하면서도 궁금하다. 지금 어떤 걸 보고 있어? 어떤 행복한 순간 속에 꽉 갇혀 있는 거야? 괜찮은 거야? 뺨을 톡톡 치고 어깨를 흔들어 깨워보고 싶다.

아마 나는…… 거기에 있을 거다. 황량한 겨울 운동장에. 초등학생이었던 나는 집 가까운 곳에 있는 한 중학교 운동장에서 이름을 알 수 없는 마른 풀을 뜯으며 허공에 그 씨앗을 날리곤 했다. 엄마가 그 운동장에서 자주 걷기 운동을 했기 때문이다. 나는 한쪽 구석에서 혼자 노는 게 익숙했기 때문에 풀어지는 홀씨만 보고 있어도 시간 가는 줄 몰랐다. 마구잡이로 입바람을 후후 불면 고양이 털이 날리듯 씨앗 무리가 솟아올라 넘실댄다. 내게서 멀어지며 노을빛 너머로 사라지는, 작고 가벼운 신비. 눈으로 씨앗을 좇다 보면 시야에 손톱달이 걸린다. 엄마가 내 이름을 크게 외친다. 어린 나는 순식간에 뒤를 돌아 풍경에서 빠져나온다. 사랑하는 엄마에게로 얼른 달려가야 하니까.

그러니 상상 속, 감은 눈을 한 사랑하는 이들을 깨울 수 없다. 그들이 자신의 행복에게 달려가야 하니까.

사는 동안, 내 사람들이 계속해서 자신의 감각을 뾰족하게 다듬었으면 좋겠다. 언제든 행복할 수 있게. 그래야 훗날 우리가 이별할 때 덜 슬플 것 같다. 지금 행복한 사람은 끝도 행복할 테니. 슬픔 속에서도 깊게 안심하고 싶다.

매일 밤, 눈을 감기 전에 끝을 연습한다. 아니, 행복을 연습한다. 방앗잎 푹푹 찢어 넣은 부추전을 좁은 식탁에서 맛있게 먹는 우리 가족, 크레이그 암스트롱의 음악을 들으며 봤던 속초 밤바다, 매일 서재의 화병을 지키는 갖가지 꽃송이들, 외출 전 의식처럼 귀에 끼우는 귀걸이의 반짝임, 막 운전면허를 딴 친구와의 좌충우돌 여행, 계란찜이 익어가는 시간, 별 좋은 날이면 그저 좋다고 웃기만 하는 애인의 표정. 슬라이드 쇼처럼 지나가는 무수한 장면들 너머로 내가 사라진다. 매일의 안식 속으로.

일 분의 기적

내가 좋아하는 사무실 풍경이 있다. 시곗바늘은 오후 네시를 넘어가고 있고, 모두가 컴퓨터 앞에서 자기 할 일을 하고 있을 때 갑자기 창밖으로 새 떼가 활강하는 순간이다. 푸른 나무 사이로 흰 날개들이 눈보라처럼 흩날린다. 한여름의 눈보라라니! 마침 그때 한 인간이 고개를 들었고, 고개를 들자 바로 자유로운 새들의 삶을 다룬 다큐멘터리의 한 장면이 펼쳐졌다. 이파리보다 자유롭게 바람을 느끼는 하얀 짐승들. (이때 음악은 반드시 멈춰 있어야 한다. 오직 고요만이 흘러야 한다!)

운이 좋아 그 장면을 목도할 때면, 피곤이 잠시 잊힌다. 전자기기 화면 속에 고여 있던 눈에 차가운 물방울이 된 것처럼 정신이 얼얼하다가도 이내 명료해진다. 신기한 기류의 감각이 내면에서 소용돌이친다. 내가 느낀 것을 경이로움이라 부를 수 있는지 모르겠지만, 아무튼 홀로 조용하게 놀란다. 그 멋진 쇼는 일 분을 넘기지 않고 금방 막을 내린다. 새들은 멀리 날아가버리고, 바람만이 남아 나무의 청순한 정수리를 훑을 뿐이다.

여운을 털며 고개를 두리번거리면 여전히 동료들은 열심히 자기 일을 하고 있는 중. 나는 흡족하다. 같이 나눴어도 좋을 풍경이지만 그렇다고 "다들 저걸 보라고!" 하고 느닷없이 외칠 순 없지 않은가. 즐길 수 있는 사람이라도 즐겨야지.

어쨌든 내가 몸을 떨었던 이유가 뭘지 궁금했다. 잠깐의 환기? 영혼의 스트레칭? 다시 현실로 복귀한 나는 그대로인데? 달라진 게 없는데? 깜빡 졸며 꿈을 꾼 사람처럼 다시 주어진 일에 골몰해야 한다. 저 새들과 함께인 줄 알았는데, 엉덩이가 묵직하게 의자와 달라붙어 있다는 사실을 깨닫는다. 이렇다 할 설명을 하기에도 애매한 찰나의 여행. 아주 먼 데를 다녀온 사람처럼 마음은 천천히 돌아온다.

'찰나'는 시간의 최소 단위를 일컫는 불교적 용어다.

'찰나'라고 말하는 순간에도 수천 수억 번의 찰나가 사라지는 것이다. 무상함이 피부를 스치지만, 나는 그 서늘한 손길을 거절하지 않는다. 찰나의 것이든 계속되는 것이든 여행은 다 좋다.

아주 작은 일에 매혹당해 그쪽으로 온몸이 끌려가는 경험은 흔하지 않다. 강렬하게 붙들리지 않으면 제대로 느낄 새도 없이 감각이 무뎌지기 때문이다. 얼음물이 든 유리잔 표면에 흐르는 물방울, 수명이 다 된 조명의 깜박임, 흰나비의 등장과 퇴장, 가로수 아래 환한 빛이 드는 곳에서만 보이는 날벌레 떼. 이것을 슬로모션처럼 느낄 수 있는 사람이라면 마음의 악력이 꽤나 강한 사람인지도 모르겠다. 눈이 감기는 사이에 홀연히 사라지는 장면을 붙들 수 있다는 거니까. 그렇게 붙든 장면은 아름다운 헬륨 풍선이 되어 우리의 손목에 묶인다. 그리고 오랫동안 머리 위에서 동동 머문다.

그 힘을 키우는 사람들이 참 귀하다고 생각한다. 이런 알쏭달쏭한 행위야말로 사는 일에 최선을 다하는 자세이지 않을까, 하고. 아무것도 아닌 일에 오감을 세우는 건 생명체이기 때문에 가능하다. 커튼 리본을 보며 꼬리를 흔드는 아기 고양이가 그러하듯, 어른들의 괴상한 혀 짧은 소리에 눈을 동그랗게 뜨며 반응하는 아기가 그러하듯. 순한 호기심, 의심 없는 감탄. 그런 착한 감정에서는 포근한 냄새가 난다. 그들의 호흡을 세상도 가까이에서 들어줄 것만 같다.

하루 단 한 번이라도, 내가 사무실에서 경험한 일 분의 기적 같은 강렬한 찰나를 세상 사람들이 경험하길 바란다. 오늘따라 당신의 검지를 스치는 서류의 질감이 놀라울 만큼 부드러울 수도 있다. 오늘따라 당신 그림자의 걸음걸이가 유독 씩씩해 보일 수도 있다. 오늘따라 지하철 좌석에 앉은 사람들의 신발 색깔이 재미있게 느껴질 수도 있다. 오늘따라 아주머니들이 쓰고 다니는 양산의 무늬가 다채롭게 보일 수도 있다.

몇몇 사람만 아는 작은 디저트 가게의 케이크를 한 입 맛본 순간처럼, 그 일 분은 세상 무엇으로도 교환 불가한 풍요로운 찰나로 남을 것이다. 순식간에 케이크는 사라지고 접시는 외로워지겠지만, 우리 입안에 남은 달달함은 신이 와도 빼앗아갈 수 없을 테니.

당신의 신전

보기만 하면 눈물 버튼이 눌리는 영화가 있다. 영화의 엔딩 장면은 사랑과 우정, 꿈, 그 모든 것을 털어낸 주인공이 앵글에서 점차 멀어지다 풍경 속에 묻히며 끝난다. 어떤 영화에서나 볼 수 있을 만큼 흔한 연출인데, 나는 그런 류의 장면에서 꼭 무너진다. 영상 속 인물처럼 시름을 덜고 다음 단계로 가고 싶은 것일까. 멀리 나아가는 그 사람의 삶을 간절히 응원하고 싶은 것일까. 까닭은 잘 모르겠지만 눈물에 시야가 흐리멍덩해지면서도 소실점이 되어 사라지는 사람의 뒷모습을 끝까지 좇곤 한다.

최근 애인이 이사를 했다. 돕는답시고 그의 새로운 집 바닥에 눌러앉아 주말 오후 내내 드라이버로 열심히 가구를 조립했는데, 별 생각이 다 들었다. 그 사람이 옷방 쪽에서 열심히 옷가지들을 걸며 정리하고 있는 게 문득 낯설게 느껴지는 것이다. 엔딩 크레딧 하나하나 놓치기 싫은 사람처럼 그 뒤통수를 집요하게 쳐다보았다. 하지만 애인은 정말 영화 주인공이라도 된 것인지 홀로 앉은 관객 쪽을 돌아보지 않았다. 현관, 침실로 쓸 방, 싱크대, 바로 여기에 온통 그가 쓰고 입어야 하는 것들로 즐비했는데도!

삶이란 게 원래 이런 난장판 위에서 이뤄지는 건가 싶어졌다. 나라는 사람도 그가 포장한 박스와 가구들 사이에 끼인 하나의 사물 같았다. 네 삶에서 나의 존재감이 이 정도인가. 알 수 없는 심통이 스멀스멀 차오르더니, 괜히 죄 없는 뒤통수에 대고 한 소리 날려본다.

"너, 나 없으면 어떻게 살래?"

내가 있건 없건 그는 무사히 이사를 잘 치렀을 것이다. 섭섭한 진실. 어설프게나마 가구도 조립했을 거고, 별 팁을 주지 않아도 알아서 짐 정리 노하우를 깨우쳤겠지. 게다가 그는 인복도 좋아서 여러 방면으로 도움을 줄 친구들이 많다. 나는 "너 없으면 아무것도 못했지!" 하는 식의 대답을 듣고 싶었던 걸까. 그 바람이 맞다면 원을 이루긴 했다. 하지만 애인의 감언이설을 들었다 해서 마음이 솔깃하거나 시원해지지 않았다. 돌아오는 그의 대답보다도 중요한 메시지가 내 질문 속에 도사리고 있는 것 같아 찜찜했다.

시원찮은 감정은 며칠 내내 나를 괴롭혔다. "너, 나 없으면 어떻게 살래?" 하는 목소리가 계속 들리는 것이다. 말을 거는 자가 애인이 될 때도 있고, 친구가 될 때도 있고, 존경하는 사람이 될 때도 있고, 가족이 될 때도 있고, 하다못해 버섯이나 고양이가 될 때도 있다. 아, 대체! 당신들 없이 어떻게 살란 말인가! 못 산다!

이들의 존재는 너무 크다. 그런 식의 잔혹한 질문 앞에서 "당신 없음 못 살지~" 같은 달콤하고 헤픈 대답을 돌려줄 수는 없는 법이다. "제발 그런 협박은 하지 말아주세요." 하며 엎어져 빌면 모를까. 한편으로는 분에 겨운 목소리로 윽박지르고도 싶다. "그러는 당신들은! 어쨌거나 잘 살 모양이지?"

우린 서로의 곁에 있어줄 수 있지만 곁을 비집고 들어갈 수는 없는 운명을 타고났다. 비집고 들어가려 해봤자, '나'라는 존재의 불편한 거죽을 여실히 실감하는 수밖에 없다. 누가 옆에 찰싹 붙어 있건 없건 삶은 이어진다. 무정할 정도로 잘도 흘러가서 어이없을 만큼. '대체불가능한 존재'라는 건 불가능 위에 놓인 아슬아슬한 희망이기 때문에 아름답게 보이는 게 아닐까. 나는 그런 존재가 될 수 없다는 사실이 사무쳐서 주변의 동의를 얻고 싶었을지도 모르겠다. 대체불가능한 존재가 되는 건 불가능해도, 대체불가능한 사랑은 할 수 있잖아? 사랑을 품는 한 우리는 하찮지 않잖아?

우렁찬 목소리는 금세 꺾이겠지. 당신과 나 사이를 벌림으로써, '우리'가 '나와 너'가 됨으로써, 밀접 지역인 곁이 드러난다. 아이러니하게도, 우리가 같이 있는 이유는 내가 너를 영영 이해할 수 없기 때문이다. 한 발짝 떨어져야만 보이는 얼굴의 각도. 나만큼이나 하찮고, 슬프고, 희망차고, 불안한 당신들의 턱과 눈썹. '대체불가능한 사랑'이란 건 그 표정을 발견하면서 시작되는 것일까.

스스로를 견디며 삶을 책임지는 사람들의 표정. 내겐

생각만 해도 눈물 버튼이 눌리는 '상상'이 있다. 동생이 홀로 먼 여행을 준비하는 것. 수년간 마음의 병을 앓느라 병 이외의 모든 삶을 포기한 동생. 옷도 가방도 신발도 모조리 다 사야 할 텐데, 여권을 만들려면 사진도 찍어야 할 텐데. 그런 그가 언젠가 자기 짐을 챙겨 방문을 열고 현관문을 나서 공항으로 간다면 나는 오열할 수도 있다. 녀석이 창피하다고 짜증을 내도, 나는 콧물까지 흘리며 턱을 벌벌 떨 것이다. 딸이 서울로 상경한 날, 짐이 빠져나간 방을 정리하다가 바닥에 떨어진 머리카락 한 올을 보고 엉엉 울어버렸다던 엄마의 마음을 이해하게 될지도 모른다. 좋은 사람들과 어울려 가는 여행도 물론 응원하겠지만 녀석이 홀로 떠난다는 건 차원이 다른 문제다. 그토록 가보고 싶어 하는 소금사막으로 가게 될까. 그날을 기점으로 나는 동생이 드디어 자기 자신과 화해했다는 사실을 믿게 되겠지. 녀석이 비행기 안에서 긴장된 표정으로 이륙을 기다리는 모습. 나는 이루어진 소원 앞에서 이상한 슬픔을 느끼며 웃고 울겠지.

혼자 있는 사람에 대한 상상은 꼬리에 꼬리를 물고 이어진다. 언젠가 부모님은 내게 당신들의 노년에 작은 텃밭이나 가꾸며 살고 싶다 했다. 그날 이후로 나는 머리가 하얗게 샌 두 사람이 도란도란 머리를 맞대고 흙을 일구는 모습을 떠올리곤 하는데, 가끔 둘 중 한 사람이 없을 때도 있다. 끔찍하게 사랑하는 반려자와 한날 한시에 떠날 수 있는 가능성은 희박하다. 상상만으로도 마음을 텅 빈 우주로 만드는 부재. 그러나 부재가 다가올수록 소망은 쓰러지지 않는다. 한 사람만 남더라도, 그 사람의 텃밭이 늘 싱싱하고 푸릇하기를. 좋아하는 막걸리를 혼자서도 여전히 맛있게 들이켤 수 있기를.

다가오는 것들을 마주해 뚜벅뚜벅 걸어가는 뒷모습은 자신의 신전으로 향하는 신처럼 거룩하다. 그 걸음. 누구의 속도도 의식하지 않고 홀로 나아가는 자의 보폭. 끝난 줄 알았던 길을 기우고 덧대 새롭게 난 길 위를 걸을 때, 세상은 그 사람을 위해 몸을 내어준다고 믿을 수밖에 없다.

나를 눈물짓게 만들면서도 마음 놓게 만드는 풍경들. 새로운 집에서 취향대로 꾸민 공간에 앉아 커피를 마시는 애인, 불면증을 앓는 친구가 아무 잡념 없이 편하게 잠드는 밤, 언젠가 다닐 목수학교를 꿈꾸며 이런저런 상상의 공간을 구상해보는 동료, 생업을 하면서도 자신의 글을 쓰는 모과 친구들의 시 쓰는 시간. 그곳에 그들 자신 말고 더 필요한 건 없다. 오롯함으로 빛나는 신전이 오래도록 안전하기를.

나는 아쉬워하지 않고 억울해하지 않고 퇴장해줘야겠다. 너무 멀지 않은 최선의 변방, 당신 곁으로.

착하면서도 제멋대로일 수 있을까

인상에 관해서라면 할 말이 많다. 청소년기부터 시작된 고민이기 때문이다. 어떻게 하면 예뻐 보일 수 있을지는 관심 밖이었다. 나는 '착해 보이는 게' 더 싫었다. 잘만 하면 선한 인상은 고칠 수 있을 것 같아서, 스스로를 더 괴롭혔다.

살면서 웃어른에게 미운털 박힌 경험이 별로 없다. 인사성이 바르거나 싹싹한 성격이 아님에도, 소위 말해 '참한' 생김새 때문에 별말을 하지 않고도 진중하고 착한 아이로 남을 수 있었다. 쉽게 얻은 평판은 결코 좋은 게 아니었다. 역할 놀이라도 하듯 나는 타인의 기대와 편견에 충족되는 아이가 되려 노력했다. 칭찬을 오래 받게 되면, 신뢰를 얻은 그 속성이 옳은 것처럼 보인다. 나는 점점 '생긴 것답게' 사는 애가 됐다. 그 인상을 잃는다고 큰일 안 난다는 건 한참 후에 알았다.

모범적인 학생이어야 할 것 같고, 맏딸이면 말을 잘 듣는 게 당연한 것 같고, 딱 붙는 교복이나 짧은 치마는 나와 거리가 먼 세상의 복식 같았다. 눈 밖에 난 사람이 되고 싶지 않았다. 타인의 인정을 받고 싶은 건 아니지만, 내게 실망하는 눈초리로 돌변하는 것은 두려웠다. 대체 눈빛이 뭐길래. 나는 표본실 곤충처럼 옴짝달싹할 수 없었다. 어른들 앞에서 가만히 그렇게 판에 박힌 이미지가 되는 것. 안전했지만, 안전하다 해서 불안이 사라지는 건 아니었다. 아니나 다를까, 그렇게 살면 안전하다고 여겼던 믿음 역시 어떤 사건으로 균열이 나고 만다. 중학생 때의 일이다.

내 교복 하의 치맛단은 늘 무릎신 아래로 내려와 있었다. 우스갯소리로 월남치마라 불리는 정도였다. 외모단장에 관심이 없기도 했고, 기장이 긴 게 활동하기도 편해서 불만은 없었다. 학생답고 조신한 여자애의 모습이 스스로도 흡족했다. 벌점을 자주 주기로 유명한 선생님도 내 앞에선 언제나 온화한 표정이었기 때문이다.

그날 그 수업의 교과목은 가정이었고, 선생님은 학생들의 복장 문제를 언급하며 잔소리를 늘어놓고 있었다. 어차피 나는 '문제'에 속하지 않은 자이기 때문에 주의 깊게 듣지 않았다. 그런데 그가 불쑥 나를 호명하는 것이다.

나는 어리둥절한 채로 앞으로 나갔다. 친구들의 시선이 여기로 집중된다. 얼굴이 타들어갈 것 같았다. 빠르게 반추해봐도 잘못한 건 없는데, 대체 무슨 일이지. 엉거주춤 교단에 서자, 선생님은 내게 뒤를 돌라 하고 회초리를 들이댄다. 이대로 맞는 건가, 싶었는데. 아뿔싸. 무자비한 막대기는 내 치마를 걷어 올렸고 금세 허벅지가 드러났다. 앞자리에 앉은 남자애들이 당황한 기척이 느껴졌다. 킥킥거리는 소리도 들린다. 이어지는 선생님의 말. "이것 좀 봐라~ 이렇게 다리 예쁜 애도 가리고 다닌다!"

그녀의 긴 훈계가 끝나고 수업은 다시 시작됐다. 나는 고장 난 로봇처럼 뚝딱거리며 자리로 돌아가 앉았다. 내게 집중됐던 친구들의 시선도 썩은 이파리처럼 툭툭 떨어져 나간다. 몸이 다 식은 불구덩이처럼 검게 가라앉는다. 수치심, 분노 그리고 자기혐오. 처음으로 '착한 아이'도 안전하지 않다는 것을 배운 날. 나는 울 수 없었다. 구토감이 더 심했기 때문이다.

그날부터 거울 앞에서 내 생김새를 유심히 들여다보기 시작했다. 허여멀건한 피부와 둥근 얼굴선, 인상이랄 것도 없는 순한 눈썹과 작은 코. 이래서 그렇게 됐구나. 이래서 학원 선생님도 날 희롱했고, 이래서 낯선 아저씨가 내 손을 붙잡으려 했고, 만원 버스에서 웬놈이 내 엉덩이에 대고 허리짓을 했구나. 위험에 처한 모든 순간의 원인이 이 얼굴에 있다고 생각하기 시작했다. 함부로 대해도 될 것 같은 얼굴. 보기 좋게 만만한 얼굴. 반항 못할 것 같은 얼굴. 그런 얼굴이라서.

수능이 끝나고, 홀린 사람처럼 화장품과 옷을 사들였다. 짧은 스커트도 입고, 상체에 달라붙는 작은 상의도 입고, 십 센티 이상 되는 힐을 신었다. 진한 립스틱과 다양한 색의 아이섀도를 모았다. 화려하기 그지없는 펄섀도도 겹겹이 발랐다. 연한 일자 눈썹이 유행할 때도, 부러 진하고 두꺼운 눈썹을 그리며 만족했다. 당시에 찍은 사진을 보면 기가 차서 말이 안 나온다. 나이가 들며 점차 스타일이 정돈되어갔지만, 나의 스무 살은 어울리지도 않는 옷과 화장으로 얼룩덜룩하게 박제됐다.

당시의 치기 어린 마음을 생각하면 피식 웃음이 난

다. 그러면서도 마음이 무겁다. 뭐가 그렇게 무서웠을까. 왜 자신을 가만히 내버려두지 못했을까. 무엇 때문에. 이제 나는 내 인상의 단점을 보완하는 화장을 할 줄 안다. 단점을 보완하는 화장이라 해서 가리는 화장이 아니다. 나의 강인함을 더 또렷하게 만드는 화장이다. 옷도 편한 복장으로 돌아왔다. 행거엔 월남치마와 펄럭바지, 벙벙한 상의로 채워져 있다. 이제 짧은 치마를 입거나 아찔한 힐을 신는 일은 없다. 그게 잘못되어서가 아니라 나와 맞지 않아서다. 천천히, 내 삶의 중심이 내게로 온 것이다. 멀리 돌아온 것 같지만 아주 느리게 왔기 때문에 나는 놓치지 않을 수 있었다.

그리고 이젠 알 것 같다. 어린 나는 착했다. 착한 아이처럼 보이려 행세한 게 아니라. 착한 것은 나약한 것이 아니다. 착한 것은 그저 착한 것이고, 착한 것을 이용하는 자가 비겁한 것이다. 요즘은 거울을 보며 이런 생각을 한다. 어떻게 살면 착하면서도 강할 수 있을까. 어떻게 해야 착하고도 제멋대로일 수 있을까. 착하고도 흔들림 없는 자의 얼굴을 그려본다. 선명하게 그려지지 않지만 그 고민은 괴롭지 않다.

바지부터 털어

나는 자존감이 낮은 사람이다. 외모뿐만 아니라 스타일, 인성, 지성, 감성 모든 면에서 특출난 게 없다고 스스로 강하게 의식화한다. 오랜 습관이다. 그렇다고 나 자신을 내치진 않는다. 굉장히 성가시지만 늘 지니고 다녀야 하는 신분증 정도로 여긴다. 그래, 이게 나지. 이게 내 한계지. 본성이 나왔군. 얼마든지 실망해주겠다는 태도로 삐딱하게 짝다리를 짚고 관찰한다.

나는 내가 어떤 종류의 사람인지도 모른 채 얼렁뚱땅 성인이 되었고, 이십대 초반 내내 혼란스러웠다. 홀로 선 내 모습은 어색하기 그지없었다. 엄마를 닮지 않은 외모가 싫었고, 엄마보다 약한 몸뚱이가 싫었고, 엄마만큼 감정 기복이 심할 때는 형편없게 느껴졌다. 이제는 타인의 기준을 만족시키는 게 아니라 알아서 목표를 세우고 그것을 성취하면서 행복을 찾아야 한다는 사실도 너무나 가혹하고 어렵게 느껴졌다. 모든 게 엉망이었다. 스스로 만족할 줄을 모르니 늘 실패한 기분만 들었다.

그러나 차차 그것을 받아들이게 되었다. 나는 나의 방식대로 더 나은 사람이 될 수 있다는 사실을 깨달았기 때문이다. 스스로를 사랑하지 않아도 삶을 저버리는 게 아니라는 믿음. 그것을 위안으로 삼았다. 세상에서 가장 어색한 사람과 동거하는 기분으로 살더라도, 방점은 '같이 산다'에 있는 것이지 '어색한'에 찍히는 게 아니라는 것.

나와의 화해를 오랜 시도 끝에 해냈다. 비로소 미숙하고 볼품없는 나를 존중할 수 있었다. 언성이 높아지더라도 차 한 잔쯤은 같이할 수 있는 사이가 된 것이다. 그러나 가까운 사람들은 내가 낮은 자존감으로 의기소침해 있고 내가 해낸 성취를 가혹하게 자기 평가하는 것을 굉장히 걱정스럽게 쳐다본다. 그 시선, 나는 그 시선에 다시 상처받는다. "잘하고 있는데 왜 그래?"라는 그들의 의문은 나를 수치심으로 몰아넣는다. 수치심은 몸을 부풀린 고양이처럼 위협적이다. 애니메이션 〈웨딩 피치〉 명대사가 생각난다. "사랑의 멋짐을 모르는 당신은 불쌍해." 나는 스스로를 아끼지도 못하는 미숙한 사람으로 평가되는 것이다. 진짜로 내가 잘하고 있다고 여긴다면, 왜 나를 걱정해? 걱정할 필요도 없고, 칭찬할 필요도 없는 거 아니야? 그냥 '너는 지금 그렇게 느끼고 있구나.' 하고 바라봐주면 안 되는 거야?

섣부른 칭찬과 격려는 내가 지닌 결핍과 불안에 스포트라이트를 비추는 일이다. 어색하게 웃음으로 화답하며 외로움으로 추락하는 감정을 그만 겪고 싶다. 나는 (자기 자신에 대한) 사랑의 멋짐에 대해선 아직 잘 모르겠다. 알려면 한참 먼 것 같다. 그러나 솔직함의 멋짐은 안다. 내가 싫을 땐, 내가 진심으로 싫다고 말하는 멋짐. 조소를 담지 않은 담백한 비하가 가진 산뜻함을.

나의 어떤 면을 부정하고 경멸한다 해서, 삶을 포기하는 것도 부정하는 것도 아니다. 나는 내가 나쁜 감정에 휩쓸려 제 발에 넘어지더라도 스스로에게 절대 '저런…… 어쩌다가…… 그래도 지금까진 잘 왔어.' 같은 말 따윈 해주지 않을 것이다. 대신, '엉망이구나. 바지부터

텔어.'라고 하겠지. 나의 냉정함을 원망하면서도, 거짓 없는 나에게 의지할 거다. 그렇게 나아가는 사람도 있다. 긍지에 찬 얼굴이 아니더라도, 뚜벅뚜벅.

혼자는 혼자를 배신하지 않는다

혼자 남겨진 시간. 잘린 뒤 튕겨져 나간 손톱처럼 우두커니 구석으로 구겨져야 할 때.

나는 벌떡 일어나 청소를 한다. 창문을 열고 청소기를 돌리고 밀린 설거지를 해치우고 널브러진 옷들을 제자리에 걸어놓고 바닥에 뒹구는 책들을 책장과 책상 위에 다시 올려둔다. 여기저기 밖으로 나와 있는 스킨로션과 립스틱 따위들은 화장대 안쪽으로 밀어 넣은 다음, 쓰레기통을 비운다. 마지막 차례는 빨래 돌리기. 물론 그때그때 순서가 달라질 수 있다.

이 모든 과정은 내게 청소가 아닌 일종의 '수리'와 같다. 무언가를 고치는 행위인 것이다. 허리를 굽히고 무릎을 꿇고 팔을 힘껏 뻗으며, 할 수 있는 최대한의 몸을 써서 모든 것을 모든 것의 제자리로 돌려보내는 일. 폭풍이 지나간 후, 뚫린 지붕을 메울 때의 열심과 같다. 쓰레기와 물건들이 마침내 가야 할 자리로 돌아가고 공간이 쾌적해지면 비로소 슬픔이 뛰놀기 안전한 무대가 마련된다. 나는 그때 운다.

누구에게나 소일거리를 닮은 슬픈 취미가 있다고 생각한다. 스스로를 섣불리 다독이지 않고, 보다 잘 슬프기 위해 혹은 잘 다스리기 위해 더 휘청거리는 저마다의 패턴 말이다. 어떤 이에겐 그 패턴이 뜨거운 물을 끼얹으며 샤워를 하는 게 될 수도 있고, 또 어떤 이에겐 다음 날 먹을 김치찌개를 끓이는 일이 될 수도 있다.

이따금 나는, 미워하거나 사랑하는 이들이 혼자 남겨진 시간 속에서 자기만의 슬픈 소일거리를 어떻게 풀어갈지 멋대로 그려보곤 한다. 축 처진 어깨 너머로 빨래감을 널고 개는 얇은 손, 바닥을 닦느라 불편하게 휘어진 등. 그런 모습들은 와락 안아주고 싶다거나 너무 쓸쓸하게 보여 말을 걸고 싶지만 어째서인지 조금도 방해하고 싶지 않기도 하다.

내가 아는 한 남자는 슬플 때 주로 어슬렁거린다. 이어폰을 귀에 꽂고 콜드 플레이의 〈비바 라 비다〉를 튼 다음 볼륨을 잔뜩 높인다. 그리고 집 안에 있는 모든 조명을 끄고 우리에 갇힌 고양잇과 짐승처럼 거실을 느리게 빙글빙글 걷는 것이다. 역시, 방해하고 싶지 않다. 그는 마음이 진정되면 다시 조명을 밝히고 조용히 안방으로 들어간다.

자신의 털을 핥는 고양이처럼, 슬픔을 그루밍하는 혀는 사람에게도 장착되어 있다. 그 혀가 부러지지 않는 이상 우리는 혼자일 때도 어떻게든 혼자를 견딜 수 있다. 허술하고 깨지기 쉬운 삶을 뒤집고 닦고 요리하고 어슬렁거리며 수리할 수 있다. 그런 다음에 한숨과 눈물을 틀어막지 않고 생의 비릿한 호흡을 내쉬어볼 수도 있다.

내가 바라는 것은 하나다. 혼자 남겨진 시간 속에서 모두가 무탈하게 걸어 나와 훨씬 덜 부서지며 살아갈 수 있기를. 진짜 끝날 때까지 그렇게 살기를. 사람이 강해지려면 얼마나 장수해야 할까 하는 바보 같은 의문이 뒤따르긴 하지만, 우리는 어쨌거나 미래로, 예정된 슬픔이 잉태된 미래로 간다.

그러니 사람은 운명 앞에서 '나 자신'을 최대한으로 동원할 수밖에 없다. 그 '수'는 믿음직스럽진 않지만, 무슨 일이 있어도 내가 나일 수 있다는 희망만큼은 조금도 슬프지 않다.

혼자 남겨져도, 혼자는 혼자를 배신하지 않는다.

1월생의 1월

나는 1월에 태어났다. 빠른년생이다. 새해가 밝고, 딱 일주일이 지난 새벽에 한파 속에서 태어났다.

그냥 제 나이에 맞춰 초등학교에 들어갔으면 됐을 텐데 어째서 한 살 많은 아이들과 함께 학교생활을 하게 되었는지는 모르겠다. 반에 한두 명은 꼭 빠른년생이 있었기 때문에 특별히 이상할 일도 아니어서 부모님에게 빠른년생이 무엇이냐고 물어보진 않았다. 이웃 동네에 살던 동갑내기 남자애가 어느 날 갑자기 나를 누나로 부르는 것은 어색했지만, 음력 나이로 치면 정말 누나인 게 맞으니 그러려니 했다.

또래 속에 있을 때 조금 더 빨리 늙거나 덜 자란 사람의 기분을 수시로 느끼는 건 그다지 유쾌한 일이 아니었다. “오빠(언니)라 불러라.” 혹은 “뭐야, 동갑이네. 말 놓는다?”라고 말하는 사람들 앞에서 어떤 식으로 내 나이를 셈해야 할지 몰라 하하 웃기만 한 적이 많다. “그래, 그렇게 해. 편하게 불러.” 하며 그들 편할 대로 내버려뒀고 별수 없다 생각했다. 그 결과, 모두에게 맞춰주고 모두에게 혼란만 주는 사람이 되어버렸지만.

‘A’에겐 동갑내기였다가 ‘A의 동기’에겐 언니가 된다. 나는 점차 여럿이서 만나는 자리를 피하게 됐다. 한 사람씩 보는 게 마음 편했다. 둘의 관계에서는 나이가 큰 문제가 되지 않으니까.

또래 문화 속에 섞여 있으면서도 내가 단독자일 수밖에 없다고 느낀 것은 생일 문화 영향도 크다. 1~2월에 태어난 사람들, 그중에서도 자기 생일파티를 주도할 만큼 활발한 성격이 아닌 사람들은 학창시절 학교 친구들의 축하를 받기 어려웠을 것이다. 겨울방학이기 때문이다. 나 역시 엄마가 끓여준 미역국을 얻어 마시는 것을 제외하면, 생일은 언제나 평소와 다름없이 잔잔하게 흘러가는 날이었다. 나에게도 오는 날이지만 어째서인지 누군가의 생일이 더 생일다운 생일처럼 느껴졌다.

게다가 내 생일은 새해와 가깝다. 모두가 한 살 더 먹는 기분에 젖어 서로를 축하하고 격려하는 시기. 불꽃놀이 축제를 즐기는 군중을 피해 가장 어두운 나무 그늘을 찾아든 사람처럼 '빠르면서도 느리게' 생일 초가 명멸하는 모습을 마음 없이 지켜봤다. 한 살 더 먹을 때 드는 외로움이 무엇인지 누구도 가르쳐주지 않았고, 따라해볼 법한 좋은 생각이 있다 하더라도 흉내 내는 것은 지치는 일이었다.

무엇이 되어야 할지 알 수 없을 때마다 시를 썼다. 시 안에서만큼은 억지웃음을 짓지 않아도 되어 편안했다. 설명이 필요 없는 혼잣말을 쓰는 시간.

또래 친구들과 비슷한 시기에 졸업하고, 취직하고, 결혼하고 죽는 통과의례를 거칠 것 같으면서도 영영 따로일 것 같은 예감이 든 건 그 때문일까. 사람들과 잘 지내다가도 혼란을 견디지 못해 자주 나가떨어졌다. 내가 빠른년생이기 때문만은 아니었을 것이다. 그것은 아주 단적인 부분일 테지만, 1월을 사이에 두고 갈라지는 나이 사이 진짜 내 위치, 혹은 그 밖에 있을 제대로 된 내 길에 들기 위해 청춘을 소진하게 될 거란 확신은 들었다. 내 속도를 반드시 찾아야 했다. 무리의 리듬에 맞춰가며 생기는 크고 작은 생채기를 언제까지 버틸 수 있을지 알 수 없었다.

다행스럽게도, 본격적인 사회생활을 하면서부터는 나이 문제가 깔끔해졌다. 몇 년생인지만 밝히면 되기 때문이다. 언니 오빠, 선배 후배라는 호칭보다 상대의 이름이나 활동명을 다정하게 부르는 것이 예의이기 때문이다. 그러나 여전히 나는 단체 생활을 어려워하고, 회사 경험 없이 프리랜서 노동자로 이 계약 저 계약을 하며 홀로 연명하는 데 익숙하다. 해파리처럼 밀려오고 밀려가는 파도에 몸을 맡긴 채 '어디 한번 갈 수 있는 데까지 가보자.' 하는 식으로 살고 있다. 이런 정신머리로 삶을 지속할 수 있을까 의문이 들 때면 고독했다. 그러나 고독이 유익하게 작용하는 점도 있다.

나는 시간이 필요했다. 혼자 견디는 시간이 같이 보내는 시간보다 더 길어야 했다. 때론 혼자가 혼자를 돕는다. 누구도 해결할 수 없는 마음의 문제를 혼자가 해결한다. 스스로 마음을 다독이는 방법을 느리게 깨우쳐 나갔다. 그렇게 나밖에 모르는 '아싸'로 살았는데도, 관대한 마음을 가진 직업인과 친구 몇몇은 나를 인내해주고 받아주었다. 어딘가 덜떨어진 구석이 있는 나를 이상하게 여기지 않는 사람들이었다. 역시 인생은 좀 살아봐야 알 일이구나, 싶다.

이제 모두가 가는 축제에 가지 않는다. 사회가 인위적으로 만들어준 관계망 안에 있으면 자꾸 실패하는 사람도 있다. 자신의 반경과 어쩌다 겹쳐진 몇 사람과만 교류해도 만족하는 사람이 있다. 나이나 환경 따위를 문제 삼지 않는, 느슨하고 자유로운 만남에서는 내가 노숙하거나 미숙한 사람이 되는 일은 없다. 스스로를 억지로 구겨 넣지 않아도 되는 곁을 찾으니 외로움도 점점 옅어져간다.

1월은 내 나이와 마찬가지로 어정쩡한 경계선 위에 놓인 듯한 달이다. 새로운 뭔가를 시작하기엔 겨울이 한창이고, 가만히 있기엔 뭐라도 하라는 듯 지독하게 깨끗한 출발선이다. 예전 같았으면 불안하고 울적했겠지. 새해 타종행사를 생중계로 보며, 그것을 보는 많은 사람들의 소망을 그대로 마음에 옮겨 심었을 거고. 식물도 토양이 맞지 않으면 시들시들해진다는 걸 잘 알면서 말이다.

이제는 새해가 되어도 여유롭다. 별 소원을 빌지 않는다. 작년 달력을 뜯으며, 내 미래가 주인 앞으로 잘 찾아올 수 있도록 마음을 열어둔다. 소원은 일주일 후 생일에 빌면 되니까. 사랑하는 사람들의 사랑과 축하를 받으며.

나는 내 생의 속도를 조금 눈치챘다. 남들보다 일주일 정도 느리다. 무엇과도 닮지 않아서 살짝, 느리게 찾아온다.

기억하는 만큼

나는 기억력이 좋지 않다. 고유명사에 특히 약하다. 콘텐츠 기획과 제작을 주된 업무로 하는 사람이 장소나 브랜드, 사람 이름을 잘 기억하지 못하는 것은 치명적이다. 심지어 나는 재미있게 읽은 책의 제목이나 작가명도 쉽게 잊어버린다. 부끄럽다. 내 뇌의 저장용량은 현대인으로 살기엔 턱없이 모자란 것 같다.

누군가를 설명하고 싶은데, 한 매체에 담긴 그 사람의 맑고 당당한 눈빛만 떠오르고 도무지 이름이 생각나지 않을 때. 망연한 슬픔과 죄책감을 느낀다. 미안해요, 별걸 다 잊어서. 근데요, 또 잊어버릴 수 있으니 큰 기대는 말아요.

잘 말하다가도 갑자기 꿀 먹은 벙어리처럼 멍해지거나 흔들리는 내 동공을 보거든, '아, 쟤 또 뭘 까먹었구나.' 생각해주기를.

한 가지 소소한 위안이 있다면, 오래된 관계 안에서 벌어지는 일은 절대 잊지 않는다는 것이다. 그 관계 속에서 벌어지는 일은 거의 대부분 장기 기억으로 넘어간다. 대화 내용뿐만 아니라 무슨 계절이었고 서로 어떤 옷차림이었는지까지 기억한다. 그날의 동선과 먹은 음식까지 떠오르는 경우도 있다. 나의 오랜 동료나 애인은 이런 내 기억력 때문에 놀란 적이 한두 번이 아니라고 한다. 친밀한 사람이나 장소와 연관된 일은 아주 사소한 정보도 고스란히 기억에 담아두는 습성. 머릿속에 카메라라도 들어 있는 것일까?

기억하고자 하는 간절한 마음과는 상관없이 자연스럽게 입력된다. 스치는 빛과 음색과 표정과 옷깃, 그 모든 움직임이 하나의 그림처럼 통으로. 이 능력은 이별이나 사고를 경험할 때면 끔찍한 고통을 야기하지만, 평범한 하루하루를 사는 동안은 유익하다못해 아름답게 작용한다. 사랑하는 이들을 아주 구체적으로 기억할 수 있으니까. 그들 자신은 인지하지 못하는 순진하고 바보같고 어여쁜 모습들을 나는 수시로 견주어 확인할 수 있다. 별 생각 없이 들려주는 시시한 단상이나 일상의 장면들은 특별한 이야기로 저장된다. 그들은 자신을 위한 비밀스러운 앨범이 존재한다는 걸 알까.

가끔 이런 상상을 한다. 종국엔 나 역시 맞이할 결말이겠지만, 애인과 내 친구들이 고아가 되는 날을. 나는 그들의 부모님에 대한 이야기를 평소에 자주 듣는다. 그들의 존함이나 직함은 잘 모른다. 듣는 즉시 대부분 잊어버리므로. 그렇지만 애인과 친구들이 어떤 식으로 부모를 그리워하고, 연민하고, 이해할 수 없어 답답해하는지를 잘 기억한다. 우리가 모두 고아가 되는 날에 나는 비슷한 마음으로 그들의 부모를 떠올릴 수 있을 것이다. 그들이 잠시 잊고 있던, 내가 기억하는 조각들을 하나씩 꺼내 보이면서.

애인의 아버지는 아침마다 청소기를 열심히 돌린다. 집 안에 달린 방문과 창문들을 모조리 활짝 열고. 체온으로 잘 데워진 이불 속에서 늑장 부리며 아침의 여운을 즐기던 애인은 갑작스러운 기습 청소에 몸을 일으켜야겠지. 비몽사몽한 상태로. 침입자처럼 쳐들어오는 찬 바람과 굉음, 그리고 화통을 삶아 먹은 듯한 아버지의 기운찬 목소리. 어서 열차가 지나가기만을 바라는 기차역 인근 주민의 몰골을 한 채, 애인은 아버지의 청소기가 방을 나가자마자 픽 쓰러져 다시 단잠에 빠져든다. 언젠가 내게 피식거리며 해준 이야기다.

나는 알고 있다. 우리가 훗날 그리워하게 될 장면들은 바로 그런 것이란 걸. 아침이 고요하고 온화하다는 이유만으로 울음 짓는 날이 반드시 찾아올 것이란 걸. 나라는 사람은 그런 날을 위해 애인과 친구들 곁에 남아 있는 게 아닐까, 하는 생각이 들 때가 있다. 무언가를 상실하더라도 영영 사라지지 않는 것도 있음을 알려주기 위해 기꺼이 내 기억을 그들과 공유할 것이다. 슬픔 속에서 그저 슬픈 게 아니라, 구체적으로 슬펐으면 좋겠다. 꼿꼿하게 슬펐으면 좋겠다. 간혹, 슬며시 웃으며 슬퍼할 수도 있을 만큼. 그러기 위해선 지탱할 기억이 많아야 한다.

핸드폰 사진첩 속 수천 개의 사진과 동영상을 보며 생각한다. 시간은 저 멀리로 사라져버리는 듯하지만, 우리 안 어딘가에 퇴적된다. 그 퇴적지는 살아낸 만큼 비옥해지는 땅이다. 어떤 사라짐은 너무 절대적이어서 그것이 존재할 때보다 더 센 힘을 갖는다. 계속 있는 것처럼. 나와 당신들 사이에 층층이 쌓인 이야기가 두터워질수록 삶이 튼튼히 다져지고 있다고, 믿게 된다. 마법 같은 기억력이 있는 한 나는 시간에 떠내려가지 않고, 시간을 잘 흘려보내는 사람이 될 것이다. 흘러가는 풍경을 두고두고 기억하는 사람. 기억하는 만큼 삶은 내 것이 된다는 말이, 정말일지도 모르겠다.

내 사랑들도 그러기를 바란다. 나보다 기억력이 좋은 사람들이니 잘할 수 있을 것이다.

PART. 3

나와 당신 사이

디어 마이 프렌드

동생은 엄마와 나 사이에 자신이 모르는 이야기가 있다는 걸 조금 늦게 깨달았다고 한다. 그래, 뭔가가 있지. 나도 정확히 설명하려고 하면 무엇부터 말해야 할지 알 수가 없다. 네가 어렴풋이 짐작하고 있는 게 정답은 아니겠지만 틀린 것도 아닐 거라고만 대답했다.

우리 모녀의 사이는 평범하다. 스무 살 이후로 본가와 떨어져 지내면서 이전보다 사이가 좋아진 정도가 변화라면 변화다. 한번 통화를 했다 하면 오십 분은 그냥 넘긴다. 주로 건강 챙기라는 당부와 회사 사정, 저녁 메뉴, 물을 얼마나 자주 마셔야 하는가에 대한 이야기가 전부이고 그 밖의 특별한 애정 표현을 나누지는 않는다. 같이 늙은 편한 친구처럼. (간혹 보고싶다, 사랑한다 따위의 말을 굉장히 쑥스러워하며 바람처럼 흘리긴 한다.)

전화를 끊고 나면 엄마와 식탁 테이블에서 인스턴트 커피나 우엉차를 컵 하나로 나눠 마신 기분이 들어서 좋다. 나는 이게 우리의 최선이라고 오랫동안 생각해왔다. 깊은 포옹이나 손을 잡는 행위보다, 그냥 하는 통화. 그것이 다음 전화까지 지탱해주는 힘이 꽤 크다고 말이다.

나는 엄마의 고통을 이해하지 못해 외롭고 혹독한 어린 시절을 보내야 했다. 그녀가 짓던 한숨과 슬픈 웃음이 – 내가 불안에 떨었던 이유들 – 깊은 우울증 때문은 아니었을까, 다 큰 성인이 되고 나서야 '문득' 가슴이 내려앉았다. 그 문득 앞에서 아득해진다. 마트에서 식재료를 고르다 '아, 맞다. 전에 산 애호박, 썩었겠구나!' 깨닫는 정도로만 마음을 기울였어도, 그녀의 병을 조금 더 빨리 알아채지 않았을까 해서.

동시에 나의 유년 시절에 치미는 측은지심. 위태로운 엄마의 기분을 맞추기 위해 뭐든지 최선을 다했던 날들이었다. 지금도 그때만큼 열심히 살 수는 없다고 생각한다. 주기적으로 찾아오는 권태와 삶에 대한 환멸감을 지켜볼 때마다, 내가 너무 일찍 늙어버렸기 때문이라고 믿는 수밖에 없었다. 철이 든다는 건 뭔지 모르겠지만, 분명 그때 늙어버렸다. 어느 날 뜬금없이 눈물이 터져도 놀라지 않는 이유다. 어떤 사람은 일찍 충분히 늙어버린 채 영원처럼 지속된다. 그럴 수밖에 없는 사람도 있다.

엄마와 나는 우리 사이에 놓인 상처를 적나라하게 터놓고 나눠본 적 없다. 서로의 손등을 포크로 아프지 않게 툭 찔러보는 단계는 거쳤지만, 그 이상으로 넘어가지 않는다. 친하니까 할 수 있는 장난이지만 진실의 무게가 아프게 실린 몸짓.

때론 그런 상상을 한다. 내가 나이가 들고 엄마가 젊어져 우리가 동갑이 되는 순간을. 마흔두 살. 엄마의 얼굴은 내가 이미 아는 얼굴일 것이고, 엄마가 보는 딸의 얼굴은 낯설겠지.

우리가 친구가 되어 걷는 거리는 어떨까. 카페도 가고, 서로에게 옷도 골라주고, 액세서리도 맞추고, 한강도 보고, 내 집에서 같이 자고. 여행도 가야 하지 않겠는가. 우리는 바다로 갈 것이다. 나는 과감한 색감의 옷을 추천한다. 그녀가 한 번도 입어본 적 없을 근사한 레드 블라우스. 시원한 이목구비와 건강한 피부색을 가졌으니 잘 어울릴 테다. 어색해하면서도 들뜬 내 친구를 지켜보는 것만으로도 나는 이 여행의 시작이 좋다.

저녁 무렵에 도착한 바다는 노을이 아름답게 물들어 있을 것이다. 모두가 지는 해를 바라보고 있으므로, 서로를 똑 빼닮은 여자 두 명도 그저 풍경의 일부가 되겠지. 하나둘 사람들이 사라지고 어둠이 내려앉을 때, 우리는 그곳에 서 있을 거다.

우리가 친구라니. 믿을 수 없는 사실 앞에서 서로의 손을 잡게 되겠지. 나는 검은 바다를 향한 그녀의 얼굴을 꼼꼼하게 눈에 새긴다. 부스스한 반곱슬머리, 둥근 이마, 내가 갖지 못한 크고 맑은 눈, 앙증맞은 코, 꾹 다물려 있지만 어딘가 모르게 장난스러운 입매. 아름다웠다. 너무 아름다워서 무엇이 됐든 아주 작은 부분일지라도 그녀를 평생 책임지고 싶을 정도였다. 그녀는 고개를 돌려, 씩 웃는다. 바다는 달려오는 우리를 막지 못한다.

그날 밤바다에서 큰 파도를 맞으며 놀았다. 살면서 한 번도 그렇게 소리 질러본 적 없을 것이다. 물에 젖은 생쥐 꼴로 온몸에 모래를 묻히고 숙소로 돌아가겠지.

비현실적으로 쾌적한 호텔 침구 위에서 우린 녹초가 되어 굿나잇 인사를 할 거다. 잘 자.

서로에게 불러주는 자장가를 생각하며 각자의 시간으로 돌아간다. 상상의 막을 내린다. 눈물을 견딜 수 없다. 광주의 한 낡은 아파트, 곤히 잠든 엄마를 떠올리며 새삼스럽게 깨닫는다. 우리는 '사랑한다' 말하지 않아도 되는 사이란 걸. '사랑한다' 말하면 울어버리는 사람들이란 걸.

우린 이미 친구고, 우린 이미 연인이고, 우린 이미 자매고, 우린 이미 서로를 태어나게 한 사람들이다. 늘 그랬듯, 최선을 다해 각자의 하루를 버티고 그저 그런 안부를 묻는 것만으로도 그 순간을 애틋하게 여기는 사람들이다. 나는 너무나도 안심이 됐다. 우리 사이에 놓인 것들을 설명할 필요도, 이해할 필요도 없다는 사실에. 엄마가 나를 위해 무언가를 포기하고 내가 엄마를 위해 무언가를 희생했던 그 시간들까지도. 마음 놓고 받아들이면 된다. 여기까지 왔으니 어쩔 수 없다는 듯, 바다로 달려가는 소녀들처럼.

우리가 좋아하는 길

"내가 좋아하는 길로 걷자."

기분이 잔뜩 상한 내게 애인이 말한다. 퇴근 후 우리는 함께 카페에서 각자의 개인 작업을 하고 있었고, 나만 목표치를 달성하지 못했다. 일과 상관없는 다른 연락에 시달리느라 시간을 오래 써버렸다. 다시 몰입하려 노력했지만 이미 먼 길 떠난 집중력은 돌아올 생각이 없다. 심지어 그 사이 아이디어 몇 가지가 기억에서 휘발되어버리고 말았다. 짜증이 솟구친다. 애인 앞에서 표정 하나 관리하지 못하고 미간을 잔뜩 구기고 있을 정도로.

시나 에세이를 쓸 때면 나는 아주 예민해진다. 두세 시간 안에 앉은 자리에서 글 하나를 마쳐야 직성이 풀리기 때문이다. 흐름이 끊긴 글은 바로 휴지통 폴더로 버려버린다. 재고 없이. 다시 키워드 몇 개와 몇 줄의 메모 정도로 돌아온 내 글. 오늘 작업 시간은 제대로 망한 거다.

뭐 하나 갈무리하지 못한 채 자리를 정리하고 카페를 나왔다. 다운된 분위기를 살피던 애인은 옆 사람의 기분을 환기해주고 싶었던 건지, 지하철역으로 이어지는 큰길을 놔두고 골목으로 이끈다. 자신이 좋아하는 길이 있으니 기왕이면 그 길로 걷자는 것이다. 나는 대답할 기력도 없이 끌려간다. 발밑에 떨어진 연보랏빛 커다란 꽃송이에 시선을 빼앗기며. 방금 그 꽃의 이름은 뭐였을까, 불쑥 새로운 잡념도 걸음을 내딛는다.

역으로 이어지는 동교동 골목을 걸으면서 나는 잠자코 애인의 가이드를 따른다. "이쪽 길엔 코인세탁소랑 카페가 결합된 가게가 있다?" "저 선술집 되게 조그맣고 귀엽지 않아?" "저 카페는 밤 늦은 시간까지도 사람이 많더라고." 조잘조잘 옆에서 떠드는 말소리에 맞춰 내 눈길은 길 옆 다양한 곳으로 향한다. 다양한 조도의 거리 불빛과 선선한 밤바람, 담벼락 앞에서 피어나는 담배 연기와 테라스 자리에 앉아 대화에 빠져 있는 사람들. 그리고 그 사이를 굽이굽이 나아가는 우리.

애인은 종종 이런 식으로 내 감정의 물꼬를 다른 방향으로 틀어준다. 기분이 좋지 않은 일을 겪고 나쁜 감정에 허우적거리는 나를 가만히 지켜보다가 자신이 좋아하는 길로 이끈다. 마치 아이 손을 잡고 미술관을 투어하듯이. 우는 아이를 달래는 아주 확실한 방법은 아주 흥미로운 그림을 아이 앞에 대령하는 것이다. 자, 이 그림에서 주인공은 누구일까? 저 공간은 어떤 곳일까?

홀리기라도 한 것일까. 나는 기분이 착잡할수록 그가 해주는 삼천포 같은 잡담에 빨려들어간다. 멍하니 땅바닥만 보고 걷는 인간인 내가 땅 위의 풍경을 유심히 들여다보는 것은 흔한 일이 아니다. 카페에서부터 지하철역까지, 그의 안내를 따라 거리를 감상한다. 그리고 집으로 향하는 지하철 좌석에 앉아 생각했다. 지금껏 애인이 좋아한다고 신나게 떠들었던 다양한 길을. 내가 사는 빌라촌 골목으로 들어올 때 순식간에 조용해져서 신기하다는, 단골 카페 근처에 초등학교가 있어 귀여운 피아노 교습소와 학원들이 많아서 좋다는, 회사 인근 맛있는 커피와 소담하게 차려주는 밥집 많은 그 골목에서 살아보고 싶다는, 그 말과 길의 풍경이 떠오르자 가라앉던 마음이 완전히 평화로워졌다.

망한 심정으로 비척비척 거리를 걸었지만, 따뜻한 활기를 띤 골목을 보고 나니 내 마음 어딘가에도 그 골목의 불빛이 스며드는 듯했다. 그래, 이 불빛을 등불 삼아 또 잘 적으면 되는 거지. 아까처럼 똑같이 쓰지는 못하겠지만 새롭게 쓰면 되는 거지. 쓰는 마음은 어디 가지 않으니까. 늘 같은 자리에 있는 저 조그마한 가게들처럼. 알아서 피고 지는 꽃처럼.

성격도 취향도 달라 서로를 이해하지 못할 때도 많지만, 우리는 길 위에서 손을 잡는다. 익숙하든 낯설든 길에는 그가 좋아하는 풍경과 내가 좋아하는 이야기가 길게 이어진다. 이 위에서만큼은 우리의 다름도 골목만큼 좁아질 것이다. 나란히, 어깨를 부딪치며.

내 말, 무슨 뜻인지 알죠?

팔월이 오고 있어요, 할아버지. 거리가 지금보다 더 달궈지겠죠. 무더위가 시작되면 당신 생각이 자주 나요. 당신이 투병 끝에 세상을 떠난 게 팔월이라 그런 것도 있지만, 이제 와 고백하자면, 제게 '여름'은 할아버지의 계절이었답니다. 흰 나시와 밀짚모자가 정말 잘 어울리는 남자였으니까요. 특히, 웃을 때 시원하게 올라가는 입꼬리가 정말 멋져요. 금니를 빛내는 사내의 미소가 그렇게 자연스럽고 멋있을 수 있다는 게 신기할 정도였죠. 나는, 그 입매가 정말 좋았어요.

나는 야살스럽지도 않고 어딘가 뚱해 보이는 외손녀였고, 당신 역시 특별한 애정을 듬뿍 보여주는 외조부는 아니었어요. 그런데 당신이 자식들과 손자 손녀를 바라볼 때 이따금 씨익 웃어 보이는 걸 발견하기라도 하면 괜히 안심이 되어 수줍게 흐뭇했어요. 이유는 모르겠어요. 복작이는 외가댁이 화목하고 행복하게 느껴졌나 봐요. 그럴 때면 우리 사이에 놓인 쟁반에서, 별로 좋아하지도 않는 사과를 집어 맛있게 먹을 수 있었어요. 당신이 좋아하는 풍경이 되고 싶어서요.

과묵하지만 굵은 호선을 그리며 반짝이는 미소. 그 미소, 당신의 막내딸인 우리 엄마가 똑 닮았죠. 엄마는 깔깔거리며 웃을 때도 많지만 소리 없이 씨익 웃을 때가 더 많아요. 장난꾸러기처럼 보이면서도 호기로운 기운이 매력적이에요. 내 입꼬리는 비대칭이라, 거울 앞에서 아무리 열심히 웃어봐도 어색하고 웃기기만 할 뿐이었죠. 낮은 콧대 다음으로 가장 큰 콤플렉스였어요.

그리고 또 내가 잊지 못하는 건, 드문 접촉의 순간이었어요. 내 희멀건 손을 보며 혀를 차셨죠. 당신의 까무잡잡하고 굵은 손이 내 손 옆에 놓였을 때, 할아버지의 손과 비교하면 내 손은 갓 태어난 아기의 것이라 해도 무방할 만큼 작고 하찮았어요. 성인이라기엔 너무 미숙해 보였죠. 그게 부끄러워 얼굴이 시뻘게졌지만 내 표정을 보지 못했는지 당신은 "이 손으로 어떻게 세상을 살아가나?" 하고 안타깝게 여기셨죠. 하룻강아지를 보는 눈빛으로.

그러고 대뜸 저에게 약속 하나 하라고 하셨죠? 남편감 생기면 꼭 데리고 오라고. 어떤 놈인지 알려면 같이 술 한잔해봐야 한다고. 김해서가 식장에 들어가는 것까지 보고 죽어야겠다면서, 또 그 멋진 미소를 지으며 절 쳐다봤죠. 지금이니까 솔직하게 말하지만, 얼마나 미안했는지요. 따뜻한 관심을 더 받고 싶어서, 당신의 손녀는 결혼 생각이 없다는 걸 밝히지 않고 숨겼답니다. 하지만 요즘은 문득문득 뜬구름 같은 상상을 해요. 애인이든 친구든, 내가 좋아하는 사람을 데려가서 할아버지에게 소개하는 모습을요.

또 할아버지의 손을 잡았던 날이 있어요. 당신이 병석에 누워 있는 날이었어요. 숨조차 쉬기 힘든 고통을 견디는 모습이 너무 무서웠죠. 그해 내 여름방학은 슬픔과 좌절이 공기 중의 습기처럼 맺혀 가시질 않았어요. 모두가 그랬을 거예요. 큰 병이 당신의 폐에 도사리고 있다는 진단이 내려졌고, 그로부터 한 달 만에 이별하게 될 줄 아무도 몰랐으니까. 야속함이 한참 후에 밀려올 만큼 모든 게 순식간이었죠.

내가 할아버지의 손을 꼭 쥐었을 때, 그때 내게 해준 말, 기억해요? “열심히 살아라. 내 말 무슨 뜻인지 알지?” 쉰 목소리로 웃으셨죠. 얼떨결에 안다고, 잘 안다고 대답했어요.

근데 사실 몰라요. 알 것 같으면서도, 곰곰이 생각하면 모르겠어요. 이제 좀 알겠어, 생각하다가도 얼마 안 있어 머리가 멍해져요. ‘열심히’가 뭔가요? 저녁이 되면 하모니카를 불고 하루도 빠짐없이 일기를 쓴 당신처럼 부지런히 우아해져야 한다는 건가요. 허약한 손으로도 이 세상을 끝까지 잘 버티라는 의미인가요. 아름다운 미소를 가진 사람이 돼라는 뜻일까요.

그런 거라면 나는 또 당신에게 미안해야 할 것 같아요. 멋진 취미도 없고 나약할 뿐이고 여전히 비뚤어진 채로 웃고 있거든요. 다만 이제 그런 나 자신을 부끄러워하지 않을 정도로 뻔뻔해졌어요. 삶을 겨우 따라가는 이 하찮은 몸과 허둥지둥하는 영혼을 수치스럽게 여기지 않을 만큼 나이 들고 있어요. 그래도 이따금 너무 스스로가 밉고 저주스러울 때, 나는 당신의 옷깃을 부여잡는 심정으로 할아버지를 상상해요. 상상 속으로나마 대화를 꿈꿔보는 거예요. 당신이 종종 말하곤 했던 인간의 근원적인 외로움이 뭔지 조금은 알겠어요. 할아버지와 대화할 수 있는 기회가 생긴다면 지금의 나는 옛날보다 수다스러울 수 있을 것 같아요.

끄덕끄덕, 절레절레 말고도 할 수 있는 표현이 많다는 걸 너무 늦게 깨달았어요. 이젠 부끄러움 없이 뭐든 느끼는 바를 말할 수 있어요. 무지와 불안, 그리움을 까발리는 지금 이 글처럼.

당신이 없으면서도 있는 여름이에요. 남겨진 자들의 풍경이 많이 바뀐 것 같으면서 그대로인 것도 같아요. 하루하루 헤어지고 있는데 삶도 죽음도 제대로 인지하지 못하고 있네요. 그 와중에 열심히 사는 건 정말 어려운 일이지만, 열심히 사는 게 무엇일지 고민하는 건 포기하지 않으려 해요.

날 지켜봐도 되고 안 봐도 돼요. 그냥 내가 당신을 기억할게요. "할아버지!" 하고 불러보고픈 날이었어요. 내 말, 무슨 뜻인지 알죠?

나의 철학자, 나의 예술가

나는 동생을 '슨생님'라고 부른다. 녀석의 사유 방식과 성격을 아는 사람이라면 아마 이 별명에 진지하게 고개를 끄덕일 것이다.

생각이 깊고 언변이 뛰어난 친구들을 참 많이도 만나봤고, 그때마다 질투나 동경심 따위의 복잡한 감정을 느끼곤 했다. 그런데 동생과 대화를 나누는 시간은 특별하기만 하다. 녀석이 갖고 있는 삶에 대한 통찰과 표현력에 놀라움을 금치 못할 때가 있다. 먹고사는 일, 성경 이야기, 우리가 흔하게 알고 있는 우화 등을 주제로 이야기를 나눠도, 마치 시공간을 초월한 사람과 비밀 쪽지를 주고받는 것처럼 환상적인 기분을 느낀다.

아주 흥미로운 '토끼와 거북이' 이야기를 소개해볼까. 자신의 달리기 속도가 거북이보다 빠르다는 이유로 방심하고 낮잠을 즐긴 토끼가 결국 쓰디쓴 패배를 경험한다는 이야기. 모두가 알고 있는 이 우화를 보통 사람들은 '오만함은 독이요, 성실함이 끝내 이긴다'로 해석할 것이다.

그러나 나의 슨생님은 통념처럼 퍼진 그 해석에서 조금 더 나아간다. 그가 기억하는 바, 토끼는 거북이에게 패배했다는 사실을 깨닫고 나서 거북이의 승리를 대단하게 여기거나 승패를 인정하지 못하는 태도를 보이지 않았다는 것이다. 스스로를 탓했을 뿐. 토끼도 앞으로 나아가는 동물인 이상 이미 알고 있었다. 자기가 멈추면, 언젠가는 거북이가 따라잡을 수 있다는 것을. 경기가 끝나는 줄도 모르고 깊게 잠들어버린 것이 실수였다는 것을. 때문에 이 이야기는 토끼의 깨달음으로 매듭지어볼 수도 있겠다. 토끼는 거북이든 둘 다 자신의 속도로 달렸다. 한 판의 승부에선 토끼가 지긴 했지만 상당한 확률로 다음부터 실수하지 않으려 애쓸 것이다. 승자가 거북이라는 이유로 거북이의 근면성실만을 좋게 평가할 이유는 없다. 이번엔 '토끼의 결심'을 들여다보는 것으로 끝을 맺어보는 건 어떨까?

어느 아침, 알람 소리를 듣고 눈을 떴을 때 처음으로 본 메시지가 바로 슨생님의 우화다. 비몽사몽한 가운데 갑자기 경건한 마음이 비집고 자라난다. 이런 멋진 이야기를 상상하는 녀석의 새벽이 근사하다. 내가 단잠에 빠져 있는 사이 동생은 귀엽고도 집요한 상상력을 펼친 것이다. 녀석에게는 남들에게 없는 자유로운 상상력이 있다. 그의 상상력은 저 멀리 (강렬한 갈증을 품은 채로) 뻗어나간다. 나를 놀라 자빠지게 만드는 빛나는 통찰들은 다 어디서 온 것일까. 아마도 자퇴 후 독학으로 진행하고 있는 여러 공부로부터 받은 영감에서 비롯되지 않았을까.

슨생님은 상상력이 자유로운 만큼 자신의 한계도 여실히 체감한다. 드로잉을 할 때나 이야기의 골격을 세울 때 자신의 끝까지 가보는 것을 즐긴다. 넘을 수 없는 무언가가 있다는 사실에 오히려 반가워한다. 자신이 최대한으로 닿을 수 있는 지점이 어디까지인지 가늠해보면서 경이로움을 배우는 것이다. '나'의 테두리까지 꽉 채워 경험하는 기분일 테지.

녀석이 처음부터 이런 성숙한 태도를 보여준 것은 아니었다. 도움받을 사람 없이 홀로 그림 공부를 할 때 얼마나 답답했겠는가. 제대로 맞게 가고 있는 것인지,

색이나 선 표현을 어떻게 해야 잘했다고 할 수 있는 건지, 붙잡고 물어볼 이가 없어 신경질을 냈던 적이 한두 번이 아니다. 녀석을 응원하는 나에게도 종종 불똥이 튀었기에 내심 "저놈의 그림, 언제까지 하나 보자." 이를 갈기도 했다.

뭐, 괜히 슨생님이겠는가. 동생이 금세 자신의 속도를 찾아내는 모습을 지켜보며 나는 또 한번 조용히 놀라워했다. 점점 짜증이 줄더니 묵묵하게 책상 위 세계를 지배해나가는 것이다. 며칠 동안 핸드폰을 보지 않을 정도로 자신의 그림과 이야기 속으로 빠져들었다. 그 집중력이 진정 부러웠다. 막힘없이 계속해서 자기 자신이라는 허들을 넘어섰으면서, 자신이 어디까지 왔는지조차 관심 없을 만큼 앞으로 내달리는 열정.

하도 기특하여 "정말 그림 실력이 많이 늘었다!" 칭찬해줬더니, 이 칭찬을 무색하게 만드는 멋진 답변이 돌아온다.

"만족하는 연습을 하고 있어. 좀 부족해 보여도 만족하기. 내가 표현할 수 있는 핵심 능력만으로, 그리고 싶은 거 다 그려보는 게 목표다. 절대 변하지 않는 완벽한 실력을 갖춘다는 건 그림 앞에서 변동하고 움직이는 나의 떨림과 감각을 버려야 한다는 거잖아? 완벽에 대한 욕망은 망상이더라고."

나는 멍해진 채로 빼끔거린다.

"철학자세요?"

"몰라, 귀여운 거나 그리는 주제에 생각이 무거움."

난 소울메이트 같은 거 하나도 안 부럽다. 슨생님이 내 동생이다. 나의 철학자, 나의 예술가. 허접한 글 몇 문장 써놓고 "힘드네." "어렵네." "자신감이 떨어지네." 하소연하는 김해서에게 영감과 의지의 원천이 되어주는 멋진 사내. 이렇게 아마추어는 또 하나를 배운다.

창작하는 사람은 자신의 한계를 즐겨야 한다는 것. 성장이 불필요하다는 게 아니라 한계를 받아들이고 한계까지 표현해야 하는 것.

그림을 그리고 시나리오에 몰두하는 한 남자의 움직임, 그 떨림을 지켜본다. 나 역시 '나'라는 유한함 안에서 손끝 발끝까지 다 써서 춤을 춰보고 싶어진다. 삶이라는 시공간 안에서도 내 하늘, 내 바닥, 내 계절을 구석구석 만져보고 싶다. 관중이 사라진 경기장 안에서 자유롭게 뒹구는 토끼가 되어, 승패와 무관하게 이어지는 이 삶을 실컷 내달려보리.

우리, 이 이야기를 끝까지 써보자. 다 쓰고 서로에게 들려주자. 꼬리에 꼬리를 물며 이어가보는 거야. 밤이 새도록. 새벽이 다 가도록. 우리가 사라지고 이야기만 남더라도, 그 이야기가 또 다른 이야기로 나아갈 수 있도록 마음껏 길을 열어보자. 안으로 밖으로 쭉 달리자. 끝까지. 끝의 끝까지. 닿을 수 있는 그 어느 곳까지!

어딘가에 있을 그곳

서울에 정이 들었지만 못 떠날 이유는 없다고 생각한다. 가족을 사랑하지만 광주를 두고 온 것처럼.

물론 전부 웃기는 소리다. 정부의 주거 지원 정책이 없었다면, 스무 살 이후로 생긴 짐 한 보따리를 짊어지고 남행해야만 했겠지. 사랑하는 가족에게 신세 지러. 쫓겨나기 십상이라는 소리다. 괜한 자존심을 부리는 건 줄 알면서도 애인과 친구들에게 이런 말을 자주 한다. "떠나고 싶을 때 서울을 떠나는 게 목표야."

그러니까, 나는 떠나기 위해서 이 도시에 체류 중이라 할 수 있다. 다른 지역이나 나라에서 자기 작품을 하며 생계를 유지하는 작가들을 부러워하면서. 좋아하는 동네의 전/월세 매물 정보를 슬픈 표정으로 지켜보면서. 언제 어떻게 떠날지 모르니까 정규직은 상상도 하지 않으면서. (못하는 게 아니라 안 하는 거라고 스스로 위안이나 한다.)

과거, 서울을 동경했던 이유는 딱 하나다. 동대문구에 있는 K대학교에 다니고 싶었다. K대학교를 가고 싶은 이유도 별것 없다. 국내에 그렇게 예쁜 캠퍼스는 없다고 생각했다. 단지 그 이유만으로 입시에 관심이 생겼다고 하면 등짝을 얻어맞을 것 같아서, 그곳의 인문교양 커리큘럼이 마음에 들고 국문학과가 문인을 많이 배출한다더라는 식으로 말하며 명분을 세웠다. K대학교를 몰랐다면 나는 대학 자체에 관심을 두지 않았을 것이다. 당시 일곱 군데 넣을 수 있는 수시 원서를, 담임 선생님의 우려에도 불구하고 겨우 네 군데만 채워냈다. 진짜 제대로 알아본 곳은 K대학교 한 군데뿐이었고, 정말 딱 거기만 합격했다.

나는 이미 원을 이룬 셈이다. 예쁜 캠퍼스를 마르고 닳도록 누비고 다녔다. 캠퍼스 커플도 두 번이나 해봤다. 몇 해는 이곳 기숙사에서 살아보기도 했다. 기숙사는 하나도 안 예뻤고, 무서운 조교와 바퀴벌레가 상주

하는 비좁은 사 인실이었기 때문에 늘 나가 살 집을 구하고 싶었다. 어쨌든 밤에도 낭만 가득한 캠퍼스를 슬렁슬렁 산책할 수 있다는 건 좋았다. 여름 밤공기가 끈적하게 달라붙는 계절이 오면, 본관에서 죽치고 놀던 무리들도 사라진다. 나는 어둑하고 썰렁한 본관, 캠퍼스의 심장부에 앉아 사그라드는 열기를 느끼며 잡념에 빠지는 순간이 즐거웠다. 내게는 전공 지식보다 그런 날들의 기분이 더 선명하게 남아 있다.

졸업 후에는 생계를 겨우 유지할 수 있을 정도로 일을 했다. 돈이 필요할 땐 투 잡 쓰리 잡도 뛰었다. 어영부영 지금까지 프리랜스 에디터로 불리고 있다. 열심히 살 때도 게으르게 살 때도 벌이는 늘 고만고만했다는 게 아이러니다. 아직은 쫓겨나지 않았지만, 떠나고 싶을 때 서울을 떠날 거라는 목표를 이루는 게 가능할지는 여전히 모를 일이다. 만약 바라는 대로 떠나는 타이밍을 내가 정할 수 있게 된다면, 그 이유가 내 마음에 쏙 들면 좋겠다. K대학교 하나 때문에 상경했을 때처럼 스스로 만족하고 납득할 이유가 생기기를. 사람들에게 그럴듯한 명분을 대고, 진짜 이유는 은밀하게 품은 채 홀연히 갈 수 있기를!

유감스럽게도 애인과 절친한 친구 몇몇은 꼭 수도권에서 살아야 하는 사람들이다. 온갖 유행과 신생 브랜드, 영향력 있는 셀럽과 도시적인 라이프스타일을 긍정하고 동경한다. 그들 어깨너머로 대도시의 다양한 면면을 구경한 덕분에 나 역시 감각이 확장되고 도시가 제공하는 편의와 화려함을 양껏 누리고 있다. 그러나 이젠 내가 이곳에 머무는 이유에 그들이 좋아하는 풍경이 있진 않다. 새로운 것이 너무 많아도 사람은 지겨움을 느낄 수 있다는 걸 알았기 때문이다.

언젠가 새로운 거처를 찾게 된다면, 광주를 떠나던 그때처럼 혼자 움직여야 할 수도 있다. 애인과 친구들에겐 그들의 삶이 있으니까. 서울이 얼마나 대단한지와 상관없이 치열하고 아름답게 자기 터전을 일구며 사는 이들이 많다. 자기가 있는 곳이 중심이 되는, 자기 자신이 수도(首都)인 삶.

나보다 먼저 그 삶에 돌입했거나 오랫동안 그렇게 살아왔던 이들을 지켜보며 용기를 얻는다. 그들의 삶을 깊이 알고 그 다양성을 사랑하면 나에게도 문득 새로운 동네가 찾아올 거라 믿는다. 춘천일까? 전주일까? 다시 부산일까? 혹은 파주? 아니면 바다 건너?

알 수 없지만, 멀리서 온 친구들을 내 포근한 종착지

로 들이는 상상을 하면 마음이 차오른다. 무언가를 암시하는 듯한 기분 좋은 바람이 '어딘가에서' 불어온다.

한 쌍의 옷걸이를 위한 애도

이웃집 마당의 감나무가 실한 열매를 맺었다. 보기만 해도 떫은 초록이던 것들이 뭉근한 호박죽 색깔로 바뀌고 있다. 가을은 열린 냉장고의 한기처럼 서늘하면서, 어째서 나고 자라는 온갖 자연물에게는 따뜻한 빛을 머금도록 하는 것일까. 그 집 담벼락 한 귀퉁이에서 여름내 피고 지던 능소화는 이제 보이지 않는다. 한여름 열기 속에서 여왕처럼 군림하던 꽃의 영광도 마침내 끝이 났나 보다.

나는 능소화가 보이지 않는 무렵에야 올해와 헤어질 시간이 다가왔음을 깨닫는다. 찬란한 햇살 속에 속삭이던 비밀은 노란 낙엽 아래 묻어두어야 하는 것이다.

가을의 멜랑콜리함을 적당히 즐길 수 있는 나지만, 늦잠을 잔 덕에 몸이 찌뿌둥하여 동네 산책이라도 해야 우울감에 점령당하지 않을 것 같았다. 집에서 불광천까지 십 분이면 간다. 천을 따라 빠른 걸음으로 삼십 분 정도 걸으면 송골송골 이마에 땀이 맺힌다. 딱 기분 좋게 노곤해지고 정신이 맑아지는 코스.

마침 구름이 짙고 바람이 불어, 동네의 풍경이 채도 낮은 차분한 그림으로 보일 테니 계절을 음미하며 걷기에도 알맞은 날이다. 반팔만 입고 나가려다 바스락거리는 가벼운 셔츠를 위에 걸치고 나섰다. 오늘의 날씨와 딱 맞는 옷차림인 것 같아 마음이 좋았다.

이어폰을 귀에 꽂으며 걸음을 재촉하는데, 보지 못했던 것이 문득 눈에 들어왔다. 늘 지나다니는 그 담벼락 아래에 옷걸이 두 개가 놓여 있던 것이다. 쓰레기봉투에 싸매진 것도 아니고, 그냥 덩그러니. 기묘한 기분에 휩싸였다. 가려던 길도 잊은 채 그것을 바라보았다. 내 집에도 있고 남의 집에도 흔하게 걸려 있는 옷걸이인데, 감나무 그늘이 드리운 담장에 기댄 옷걸이는 조금 특별해 보였다. 사연 많은 눈빛을 보내는 것 같아 뿌리칠 수 없었다.

하나는 검은색이고 다른 하나는 형광기가 도는 녹색

이다. 검은색이 녹색보다 훨씬 크고 튼튼해 보였다. 그렇다고 녹색 옷걸이의 모양이 틀어져 있거나 부실한 생김새도 아니었다. 둘 다 꽤 쓸 만한 상태인데 내쳐졌구나. 수명을 다한 것이 아닌 무언가가 길바닥에 버려졌을 때, 눈길이 간다. 마음이 쓰인다. 아직 식물 뿌리가 살아 있는 것 같은 화분이나 멀쩡한 의자, 꼬질꼬질하지만 터진 곳 없는 곰인형 같은 것들 말이다.

사람의 손길과 체온을 기억하는 물건들은 사람의 일부 같다. 정확히 말하면 혼의 일부. 눈을 마주치지 못하는 눈꺼풀이나 마구 뻗친 머리카락, 소심한 안짱다리, 웃을 때만 보이는 주름처럼 진실이 담긴 생김새가 물건에도 깃든다고 생각한다.

나란히 겹쳐 있는 옷걸이들에게 홀린 듯 다가갔다가, 사건에 엮이고 싶지 않은 행인처럼 급히 방향을 틀었다. 저게 뭐라고 이렇게 열심히 보고 있나. 나도 수차례 이사하면서 얼마나 많은 것을 사고 버렸는데. 인간은 무책임하다. 울타리 밖으로 내던진다고 해서 그것이 세상에서 사라지는 건 아닌데, 갑자기 그것이 데구루루 돌로 변하는 것도 아닌데. 멀쩡한 모습으로 쓰레기가 된다는 것은 어떤 의미일까.

사람과 사람의 관계로 대체해서 생각하면 마음은 더 복잡해진다. 누군가를 자신의 삶에서 추방시키거나 알아서 질식하도록 방치했던 날이 모두에게 있을 것이다. 그 회고에서 아무렇지 않을 수 있는 이는 몇 안 된다. 더는 함께하고 싶지 않더라도 상대를 향한 혼잣말은 오래간다. '나' 이후의 삶을 잘 살기를 바라고 빨리 회복하기를, 혹은 그가 그렇게까지 괜찮지 않기를 원하면서도 내가 죄책감을 느낄 만큼 못 살지는 않기를 내심 바라는 것. 버렸으면서. 무책임하게 버렸으면서.

불광천을 걷는 내내 앞으로 '좋다고 쉬이 들이고, 그만큼 미련 없이 버리는 것'을 경계해야겠다고 다짐했다. 곁을 스치는 사람들의 다양한 옷과 신발들, 모자, 강아지 목줄, 자전거 따위를 세심히 들여다보았다. 혼자 걸을 때마다 이따금 '이 사람들 모두 언젠가는 죽겠지. 이미 끝에 다다른 사람도 있을 테고, 어제까진 즐거웠지만 오늘은 불행한 사람도 있겠지. 잠시, 행복마저 잊고 싶은 사람도 있을 거야.' 하며 끝없이 상상을 이어나가곤 했다. 오늘은 그들이 두르고 있는 물건들의 생애를 본다. 그리고 물건을 잘 보내주기 위해서는 어떤 애도 의식이 필요한지 고민했다.

집으로 돌아오는 길에 나는 다시 한 쌍의 옷걸이를 마주쳐야 했다. 마침 하늘이 개어 주황빛 노을이 아름답게 들이쳤고, 살랑이는 감나무 그늘 아래서 옷걸이는 행복하게 겹쳐 있었다. 백골 상태로 발견된 역사 속 연인, 서로를 품고 있는 여린 쇄골들처럼.

가마미 해수욕장의 연인들

전라남도 영광 가마미 해수욕장은 엄마와 인연이 있는 곳이다. 엄마의 큰오빠는 발전소 노동자였고, 그는 서른도 되기 전 현장에서 감전 사고를 당해 세상을 떠났다. 생전에 가마미 해수욕장 입구 쪽에서 잠깐 하숙을 한 적이 있는데, 지금은 민박집으로 변했다. 요즘도 저런 곳에서 숙박할 사람이 있을까 싶을 정도로 낡은 건물이다. 얼마 전 그곳을 방문했을 땐 순한 개 한 마리가 짖지도 않고 앉아 멀뚱히 그 앞을 지키고 있었다.

우리 가족은 그 바다를 보러 영광을 적지 않게 방문한다. 그런데 이상하게도 사진을 들춰보면 늘 겨울이다. 사진 속 엄마와 아빠, 동생은 모두 두툼하고 어두운 외투를 입은 채 눈을 찡그리고 해변을 걷고 있다. 사람보다 갈매기가 더 많아 보이던 겨울 가마미. 너무 추워서 산책도 제대로 못하고 주차한 차 안에서 도시락만 까 먹고 돌아온 기억도 있다.

삼십여 년 전, 갓 고등학교를 졸업한 스무 살의 엄마 아빠도 그 바닷길을 걸었다고 한다. 발이 푹푹 빠질 정도로 눈이 내리던 날, 두 사람은 버스정류장에서 내려 비포장길을 한참 걸어 들어간다. 엄마는 죽은 오빠가 그리웠다. 그래서 영광이라는 곳에 한 번도 가본 적 없다는 연인을 데리고, 그의 손을 잡고 바다를 찾는다. 눈앞에 해수욕장 입구를 알리는 좁은 사구와 소나무 몇 그루가 보인다. 엄마는 부재하는 이를 보러 계속해서 앞으로 나아간다. 수평선으로 눈길을 던졌을까, 고개를 돌려 그 민박집 아니 하숙집을 쳐다보았을까. 눈길 둘 데도 잃고 마음 둘 데도 잃어 푹푹 눈 속으로 빠지는 발을 끌며 아빠의 손을 세게 쥐지 않았을까.

내가 태어나기 훨씬 이전의 장면들. 늘 같은 지점에서 상상의 필름은 끊기고 삐걱거린다. 함박눈, 정류장에 도착하는 버스, 어린 엄마와 아빠, 바다 그리고 페이드 아웃. 다음 신을 짐작해보는 건 어려운 일이었다.

나중에 엄마는 집이 있는 순천으로, 아빠는 대학교가 있는 부산으로 돌아갔다는 것만 대충 들어 안다. 딸이니까, 나도 그 바다를 아니까, 엄마의 상실과 상처가 깃든 이야기를 어떻게든 집요하게 상상해야 할 것만 같았다. 누군가의 심정을 짐작하기 위해 아주 사려 깊은 상상력을 발휘하는 게 진정한 이해라고, 그럴듯한 명분을 고민할 만큼 내가 엄마를 사랑하기 때문이다. 사랑만이 이유가 아니더라도, 젊은 연인이 나란히 서 있는 가마미 해수욕장의 풍경은 지나치게 아름답다.

어느 날부터일까. 상상 속 장면의 주체가 슬며시 바뀌고 있었다. 엄마가 아닌, 엄마의 손을 잡고 따라나선 아빠로 말이다. 아빠는 최근 내 SNS 게시물에 이런 댓글을 남겼다.

— 항상 그렇듯 널 믿는다. 믿는다는 것은 기대한다는 것과 다르다. 어떤 결과에 이르든 항상 네 곁에 있다는 것이다.

평범한 격려 메시지로만 읽히지 않았다. 누군가를 믿는다는 것이 그 누군가의 곁을 지키는 일이라니. 엄마의 큰오빠가 세상에서 사라졌던 그때도, 그 이후에도, 아빠는 한결같이 엄마의 삶에 있었다. 슬픔을 이해하려 들지 않고, 슬픔을 믿어주면서.

눈발 사이로 묵묵하게 따라가는 마음. 가마미라는 낯선 이름을 가진 바다의 짠 냄새. 마침내 환하게 일렁이며 몸을 펼치는 연인의 슬픔. 그 시절, 아빠는 신부(神父)가 되고 싶었다. 그러나 주저하지 않고 엄마와 결혼한다.

오랫동안 엄마의 슬픔이 외롭지 않을 수 있어서 다행이다. 수십 년이 흐르고 또 겨울이 와도 여전히 두 사람은 가마미의 해변에서 손을 잡고 느릿느릿 걸어간다. 그 뒷모습을 보며 생각했다. 그렇다면 나는, 저들의 슬픔과 믿음을 기록해야지. 저 붙잡은 손을 기억해야지. 손깍지를 타고 이어지는 곁에서 내가 울며 태어났으니 나는 두 사람의 슬픔과 믿음이 건넌 바다인 것이다.

썰물이 되자 점토질의 벌이 축축하게 모습을 드러내고, 엄마 아빠가 딛는 발자국을 따라 걸었다. 물이 빠지며 단단해진 땅이다. 모래가 모래를 안는 시간, 바다가 바다를 따라 떠난 시간. 그 시간, 모두가 연인들이다.

우린 이제 엄청난 것을 알고 있다

엄마를 용서했다. 그녀를 더 사랑하기 위해 용서를 먼저 했다. 오십대 엄마는 딸내미의 용서 따위에 관심도 없을 만큼 이미 자유롭고 노곤한 몸이 되었지만, 어쨌든 내 혼잣말 같은 용서가 이루어졌다는 건 중요하다.

"엄마는 뭐가 되고 싶었어?"라고 어린 내가 물었다. 늘 과거형으로만 물었다. 초등학생밖에 안 된 나이였지만, 너무나도 자연스럽게 엄마라는 사람을 엄마가 아닌 '다른 무언가가 되지 못할 사람'이라고 생각했나 보다. 내가 그녀를 그저 엄마로만 생각했다는 것. 그녀에게 진 내 첫 번째 빚이다.

어쨌든 엄마의 꿈은 군인이었다. 하지만 내 어린 시절 속 엄마는 선풍기와 같은 가전제품의 부품 등을 고르고 분류해서 자루에 담아내는 부업을 했던 주부다. 그녀는 아주 젊은 주부일 때에도 항상 자신의 꿈을 '옛날 꿈'이라고만 했다.

물론, 엄마가 실제 군인처럼 느껴질 때도 있었다. 시험 기간이 다가올 때면 그랬다. 파리채나 대나무 매를 옆에 두고 나는 문제지를 풀어야 했다. 실수가 반복되거나 암기를 잘 못할 때면 회초리로 맞고 엄마의 고함소리를 들었다. 때로는 내가 정말 파리나 모기라도 된 기분이었다. 조심스레 움켜쥐어야 하는 나비나 매미가 아니라, 찰싹 때리고 나서 휴지로 싸매 변기에 버리는 그런 죽은 곤충이 된 것만 같았다. 서러웠다.

고백하자면, 그럼에도 나는 늘 엄마의 품에 안기고 싶었던 것 같다. 바닥에 궁둥이를 붙이고 주저앉아 울거나 뚝뚝 눈물을 흘리며 공부만 할 것이 아니라, 매를 감추고 그녀의 품으로 달려들어 더 안겼어야 했다. 그러지 말고 안아달라고, 강하게 엄마를 더 껴안았어야 했다. 그랬으면 엄마는 매를 내려두고 나를 꽉 안아주었을 사람이다. 나도 엄마를 더 사랑해주었어야 했다. 하지만 난 표현에 늘 실패하는 아이였고 그 실패가 서러워 그녀를 미워하는 쪽을 택했다. 사춘기를 독감처럼 앓았던 나는 기어이 엄마에게 상처를 내고 만다. 그녀가 절대 원치 않았을 시인이 되고 싶은 아이로 자랐고, 툭 하면 집에서 언성을 높이고 방으로 들어가 울기나 하는 지겨운 십대를 보냈다. 언제든 바로 죽어버릴 결심이나 하면서 말이다.

그러던 중 어느 밤, "내가 널 낳은 게 미안해지잖니." 라고 말하며 돌아서는 그녀의 지친 목소리를 들었을 때 나는 깨달았다. 나는 엄마의 죄책감이나 사과를 바란 게 아니었다는 걸. 그녀가 휘둘렀던 회초리에 맞은 것만큼 마음부터 욱신거렸다. 문턱에 찧은 발가락의 통증처럼 전신을 찌르며 마음이 쿵쿵거렸다.

태어나서 처음으로 나에게도 실망했다. 딸들은 자괴감을 느낄 때 비로소 엄마를 이해하게 된다. 여자가 여자를 낳고 기른다는 것의 무거움을 그때부터 지금까지 줄곧 상상해왔다. 엄마의 자궁에서 엄마의 목숨과 내 목숨을 줄다리기하며 탈주한 후, 똑같이 자궁을 달고 딸로 태어난 이 몸. 싸우고 나면 항상 더 안아 달라 보채지도 않고 이 악물고 눈물을 매단 채 시키면 시키는 대로 살던 작은 몸. 점점 미움으로 날을 세우며 우그러들던 몸. 분명, 엄마도 내가 미웠을 것이다. 먼저 안아주어야 하는 역할이 서러웠을 것이다.

스무 살이 넘은 후에야 나는 짐짓 괜찮은 척 엄마에게 털어놓기 시작했다. “엄마 그때 좀 미웠어.” “엄마는 욕심이 참 많아.” “왜 날 때리고 그랬어?” 그러면 엄마는 소녀처럼 탈탈 웃어버린다. “내가 그랬나?” “내가 욕심이 좀 많았지.” “미안하다!” 참 시시한 화해, 속절없이 다가온 용서였다.

수년에 걸쳐 내가 깨달은 건, 엄마라는 존재가 반드시 자식에게 안정과 변함없는 애정을 주어야 하는 건 아니라는 사실이다. 내가 많이 울었다고 해서 엄마가 노력하지 않았다는 것이 아니다. 엄마가 조금 나빴다고 해서 그녀를 평생 미워할 수 있는 것도 아니었다. “할 수만 있다면 너를 맨 처음부터 다시 제대로 키워보고 싶어. 그땐 다르게 할 수 있을 것 같아.”라며 과거를 더듬는 듯한 꿈에 젖은 목소리로 입을 열었을 때, 그녀가 이미 수천 번은 가슴으로 나를 다시 낳았음을 알 수 있었다.

나는 사랑에 관한 한 가지 열쇠를 찾아냈다. 사랑한

다면, 유치하긴 해도 서로를 위해 자신의 사랑을 과시하고 경쟁해야 한다. 사랑을 제대로 느끼려면 서로의 살갗을 사포처럼 쓸고 다니는 따끔한 사랑의 슬픔과 기쁨을 맛보아야 한다. 열심히 손을 뻗고 안아야 한다. 누가 먼저 시작해주길 기다리며 각자 울고 있을 게 아니라 먼저 안아버리고 같이 웃고 울어야 한다. 어린 나와 어린 엄마는 그걸 몰랐다. 그리고 우린, 이제 엄청난 것을 알고 있다.

엄마와 나, 긴밀한 두 사람의 관계에서 나는 내가 평생을 품고 살 사랑이 무엇인지 천천히 깨달아간다. 이제 사랑을 시험하기 위해 도망가거나 숨지 않을 것이다. 내 용서가 자랑스럽다. 큰 사랑은 아니더라도 질긴 사랑은 할 수 있는 사람으로 자란 것이다. 내 엄마는 이런 여자를 낳고 길렀다.

나는 이제 그녀에게 "미워."라고 말할 수 있을 만큼 그녀를 아주 사랑한다. 생의 반 고비를 넘어 아픈 무릎으로 묵묵히 걸어가고 있을 당신을 위해, 이제 나는 그녀를 안아줄 만한 질문들을 이어나갈 생각이다. "엄마는 뭘 하고 싶어?" "엄마는 죽을 때까지 사랑하고 싶은 게 뭐야?" "엄마가 외할머니에게 제일 미안한 게 뭐야?" "살면서 뭐가 제일 후회돼?" 그녀의 길 위에 놓을 질문들이 아주 많다.

끝내 묻지 못할 질문도 생길 것이고 우리가 영영 이별할 때조차 가슴에 묻고 넘겨야 하는 감정들도 있겠지만, 확신할 수 있는 건 엄마와 나 사이에 가시 같은 창살이 더는 없다는 것이다. 있더라도, 끌어안으면 그만이다.

엄마는 나를 낳고 나는 엄마를 낳았다. 이 사랑의 경험만큼 강렬한 건, 어디에도 없다.

우리의 무상함을 사랑해

J, 한 번쯤은 너도 내 긴 밤을 궁금해해줬으면 좋겠어. 네가 까마득한 꿈속으로 빠져들 때 잠 못 이루는 내가 어디쯤에 있을지. 내 마음이 찾는 오래된 거처 중 하나는 우리가 밤낮없이 거닐었던 회기동 캠퍼스야. 그곳 학생들로부터 큰 사랑을 받는 나무, 본관 건물에 자리한 목련 나무 아래. 나는 거기로 가.

목련은 봄의 입술을 닮았어. 흰 꽃봉오리가 벌어지면 만물이 기다렸다는 듯 차례로 하품을 터뜨리지. 태어나는 것들의 기지개가 쌓인 냄새. 봄 공기는 그래서 간지럽고 단 것일까. 모두들 그 냄새에 이끌린 것인지 목련 나무로 몰려들어 사진을 찍어대. J, 너도 그 광경을 기억할 거야. 그 나무 앞에서 사진을 남기면 애인이 생긴다나 뭐라나.

나도 해마다 똑같은 나무 아래서 사진을 찍었어. 해마다 애인이 생긴 건 아니지만, 해마다 사랑을 하긴 했지. 그 나무 앞에 선 나를 네가 카메라에 담아주기도 했어. 나는 쑥스러운 듯 발끝을 보며 배시시 웃고 있지. 고백하자면 전 애인과도 그 나무를 보며 감탄했단다. 목련은 알고 있어. 사랑에 빠진 내가 세상을 어떤 눈빛으로 바라보는지. 그리고 나를 비롯한 수많은 연인과 홀로를 지켜봤겠지. 의미 없다는 것을 알지만, 지금의 너와 내가 잘 지내듯 그 나무를 거쳐간 모든 이들이 괜찮은 상태이기를 빌어. 죽었든 살았든 함께이든 혼자이든 각자의 평안에 이르렀기를.

나는 또 하나의 나무를 알지. 순천시 외서면에 있는 엄마의 고향, 쌍율마을의 당산나무. 그 나무는 캠퍼스 목련과 비교하는 게 무색할 만큼 오래됐어. 족히 삼백살은 넘었다고 하는데, 이제 그 마을에 남아 있는 사람이 거의 없어서 나무의 나이를 세는 사람도 남아 있지 않아.

J, 언젠가 너에게 그 나무를 보여주고 싶어. 늙었지만

아주 우람한 생명체의 그늘을 함께 느끼고 싶어. 인간과는 달리 영원을 살 것 같아. 그래서 우리를 보여주고 싶어. 삼백 년 동안 이 마을의 흥망성쇠를 지켜봤을 나무에게 우리를. 한 아이가 노인이 되는 과정, 한 아이가 누구와 만나고 누구랑 입맞춤하고 누구를 버리고 누구에게 버림당했고 누구랑 손 잡고 누구를 낳고 결국 누구로 남았는지, 다 아는 나무에게 우리를.

왜냐하면 우리는 아무것도 아니니까. 아무것도 아니기 때문에 우리의 만남도 우주의 입장에선 아무런 의미가 없겠지. 아주 잠시. 잠시 중의 잠시. 있고 없음을 논하는 것도 우스울 만큼 부질없겠지. 인생을 너무 길다고 느끼는 건 함정이야. 만남은 언제나 찰나 속에 있어.

J, 그러니까 서로를 기억하자. 사라져서 아무것도 아니게 될 순간들을 기억해야 해. 나무들과 맺은 희미한 교감처럼 우리가 나눈 희미한 약속을 우리 둘은 잊지 말아야 해. 무상한 삶에 깃든 영원할 인상. 그것을 나눠야 해.

두렵고도 기쁜 사실 하나 알려줄까. 시간에 벼려지고 벼려져 마침내 사람은 자기 자신이 될 수 있을 거야. 나무가 자라 겨우 나무이기만 한 것처럼. 자기 자신 이외의 다른 가능성은 없어. 너 역시 어떤 경우에도 네가 될 수 있어. 그보다 큰 위로가 있을까. 나도 나를 선택하기 위해, 택할 수 없는 여러 미래를 받아들여야겠지. 이 무상한 마음을 사랑해. 무상함에서 태어나는 기도가 진짜라고 믿어.

J, 내가 불면을 앓듯 너는 우울을 앓는다는 걸 알아. 먹고사는 일이 안겨주는 공포와 열정에 짓눌려 슬픈 밤을 보낸다는 걸. 너는 너를 증명하기 위해 노력하는 사람이지. 그러나 기억하렴. 깎이고 깎여 그저 너이기만 한 너도 나는 사랑한단다. 너의 무상함도 사랑해. 깔깔거리는 웃음, 씰룩이는 엉덩이춤, 고양이 앞에서 해제되는 무장, 사방으로 뻗는 호감과 눈물. 아무것도 아닌 모든 너를.

불면의 밤, 어두운 토양 위에 널 위한 나무 한 그루를 심을게. 너를 잊지 않을 나무를. 네가 좋아하는 능소화나 향기 좋은 라일락이어도 좋겠다. 우울에 잠식되는 밤일지라도, 그 깊은 어둠 속에 널 위한 꽃그림자가 섞여 있다고 생각해주렴.

봄은 도처에 있어. 없으면서도, 언제나 있어.

폭염의 순기능

폭염에도 순기능이 있다. 불과 몇 년 전만 해도 나는 아주 극성인 여름 혐오자였다. 내게 '한여름에 실내가 아닌 곳을 활보하고 다니는 것'은 그다음 하루 이틀을 포기하는 짓이나 마찬가지다.

칠팔월이 되면 습관적인 우울감에 빠져 지냈는데, 여름을 좋아하게 된 지금도 그 우울은 어김없이 온다. 땀을 한바탕 쏟고 나면 심리적 에너지도 덩달아 고갈됐고, 더위에 지쳐 늘어진 육신을 물끄러미 보며 내가 느끼는 이 무거운 기분이 저질 체력에 대한 자괴감인지 달아오른 두피의 열 때문인지를 분간하느라 머리가 아프곤 했다. 기분이 태도가 되지 않도록 하라는 말이 있다던데, 여름은 그것을 불가능하게 하는 계절이다.

그런데 그런 내가(정확히는 내 감정이) 180도로 변했다. 체질이 바뀌어 더위를 덜 타거나 여름 스포츠를 즐기게 된 것도 아닌데 말이다. 부동의 최애 계절이었던 겨울을 왕좌에서 내쫓았다. 이제 내 계절의 퀸은 '여름'이다. 여전히 나는 여름이 되면 바닥난 체력으로 낑낑대고 잠을 못 자고 사흘에 한 번 꼴로 두통에 시달린다. 가학적인 더위에 쾌감을 느끼는 경지에 이른 건 절대 아니고, 더위에 지친 사람들 속에 있는 것이 묘하게 즐겁다는 걸 알게 되면서부터 뭔가가 변했다.

무슨 괴랄한 말인가 싶겠지만, 방바닥을 힘없이 나뒹굴거나 의자에 걸린 낡은 티셔츠처럼 늘어져 아무 말 대잔치를 하는 것이 의외로 흥미로운 일임을 발견했다. 가만히 있어도 숨쉬기가 어렵고 등줄기와 이마에 땀이 줄줄 흐르면, 아무리 지엄한 양반 같은 사람이라도 콧김을 내뿜으며 이골을 낼 수밖에 없다. 그리고 정말 원초적인 소망들을 입 밖으로 흘리게 된다.

아, 제주도 가고 싶다. 차가 한 대 있으면 좋으련만. 시원한 망고 바나나 스무디가 당긴다. 예쁜 여름 옷 많이 갖고 싶다. 그 옷들이 잘 어울리는 몸매라면 좋으련만. 부산에서 먹었던 회 맛있었는데. 만약 누가 해외여행으로 딱 한 군데 보내준다 하면 어딜 갈 테냐. 베를린에서 근사한 노을 보고 싶다. 하다못해 호캉스라도. 다 필요 없고 닭튀김에 맥주 한 잔. 엄마 아빠 보고 싶다.

시시껄렁한 농담 같은 소망을 툭툭 주거니 받는다. 그러다 보면 어느 틈에 헛웃음이 나오거나 한숨이 터지곤 하는데 나는 내가 좋아하는 사람들과 그런 시시한 순간을 나누는 게 좋다. 당장 몸을 일으켜 실행할 것도 아니면서, 그럴 여유도 없으면서, 그냥 시작되는 심드렁한 노래. 세계 평화나 정의를 주창하는 거대한 신념이 아니라 아무것도 아닌, 아이스크림 한입 먹으면 바로 잊힐 하찮은 소망들을 들려주는 사이가 진짜 친구라는 생각.

'진(짜)친(구)' 사이에선 입만 간절해도 괜찮다. 지방덩어리 몸뚱이가 양탄자처럼 퍼지고, 가벼운 말을 나불거려도 우리는 우리의 꼴을 비하하지 않는다. 그냥 서로를 보며 바람 빠진 풍선처럼 맥없이 낄낄댈 뿐이다.

더운 공기 속에서 그렇게 쉽게 지나가는 말들은 '언젠가 꼭 같이 하자.'라는 말로도 들리고 '언젠가 널 떠나

살 거야.'라는 말로도 들리고 '사실 다 필요 없고 지금도 좋아.'라는 말로 다가올 때도 있는데, 그때마다 묘하게 기쁘고 슬프고 벅차다. 이마와 인중 위에 송골송골 고이는 땀방울을 의식하면서 부디 여름이 이 마음들을 기억해주기를 기도한다. 이어지는 가을과 겨울에게 소문 내줬으면 좋겠다고. 한 계절, 두 계절이 지나서 바라는 바가 이루어지면 얼마나 행복할까. (그렇다고 절실할 정도로 기도하는 건 아니고.)

우리의 느린 말소리는 두런두런 사라질 듯 사라지지 않고 녹음(綠陰)처럼 이어진다. 먼 우주에 우리의 말소리가 닿는다면 잠꼬대 같을까.

지구가 태양의 곁을 묵묵히 회전하는 것만이 중요한 일 같은 계절. 폭염은 괴롭다. 내 몸보다 더 뜨거운 것을 견딘다는 건 원래 괴로운 법이다. 가슴속에 조금이라도 더운 감정이 있다면 한 번쯤은 툭 쏟아낼 수도 있는 거다. 이게 다 너무 더워서 그래, 하며.

여름의 열기와 함께 훨훨 증발해버릴 말. 그래도 사실 너와 내 삶을 사랑한다고, 여름의 잔인함에 혀를 차며 재잘재잘 수다를 시작하는 것이다.

수상하고 아름다운 유정

유정은 이상한 사람이다. 만날 때 선물을 준비하지 않으면 큰일 나는 저주라도 걸린 것일까. 특별한 날이 아니어도 가방 안에 꽃이나 자잘한 아름다운 것을 늘 넣어 온다. 내 서재에는 그에게서 온 물건들이 아주 많다.

받는 만큼 주는 것이 상도덕인 한국 사회 룰이 유정에게는 통하지 않는다. 유정은 받는 것을 아주 부담스러워하기 때문이다. 받기만 하는 사람들의 어쩔 줄 몰라 하는 표정은 즐기면서, 정작 자신이 챙김을 당해야(?) 할 때는 로봇처럼 삐그덕거린다. 그리고 어느 날에 배로 되갚음을 해준다. 파블로프의 개라도 된 것인지, 유정을 만나는 날이면 양손 무겁게 집으로 돌아갈지도 모른다는 확신을 갖고 나도 서프라이즈로 그를 위한 크고 작은 무언가를 준비하게 된다.

유정이 아니었다면 각종 소품숍과 선물가게 정보에 이렇게 빠삭해질 수 없었을 것이다. 그가 좋아할 법한, 괴짜 같고 쓸데없이 아름다운 물건들을 돈 주고 살 일이 없었을 테다. 상대에게 꼭 필요한 것을 주기도 하지만 이제 우리는 서로를 즐겁게 만드는 선물 사기에 더 열중하는 사이가 됐다. 누가누가 더 재미있고 호쾌한 선물을 하나. 내 방에 놓인 부처의 모양을 한 인센스 홀더나(불교 안 믿음.) 기괴할 정도로 손잡이가 큰 컵, 어딘가 모르게 엉뚱하고 이색적인 물건들이 보일 때마다 괜히 피식거리게 된다.

유정은 자신의 마음을 유형의 무언가로 표현해야만 직성이 풀리는 듯했다. 스티커나 카드 따위를 직접 만들어 아낌없이 주변에 뿌리기도 한다. 준비된 게 없으면 근처 빵십이나 편의점에라도 달려간다. 맛있는 걸 나눠 먹기 위해서. 유정 앞에 서면 아무리 사랑이 가득한 사람이라도 사랑을 주기보다는 받게 된다. 나는 이 일방적인 관계가 비정상적이라고 생각했다. 어리둥절한 채로 '또 받고야 말았군!' 하며 당할 뿐이다. 그런 상대를 보며 유정은 흡족한듯 하하 웃는다.

애정이 가득한 행동이란 걸 알고 난 후에도 얼마간 수상하게 여겼다. 마음을 애써 증명하지 않아도 되는 관계에서까지 이럴 필요가 있을까 싶어서.

그 의심이 깨지는 일은 오래 걸리지 않아 일어났다. 지금으로부터 한참 전 일이라 유정은 그날을 기억하지 못할 수도 있다. 나는 당시 모 회사에서 계약서도 쓰지 않은 채 계약직으로 일하고 있었고, 부조리한 처우에 마음이 크게 상한 상태였다. 생계가 달린 상황이 아니었다면 당장이라도 일을 접고 싶었지만, 그럴 수 없는 처지를 비관하며 우울에 잠겼다. 허심탄회한 정도를 넘어 지나치게 거리낌 없이 내뱉는 회사 욕을 유정은 인내심 있게 들어주었다. 그는 나와 함께 도끼눈이 되기도 하고 덩달아 망연한 표정을 짓기도 했다.

가까스로 정신을 차렸을 땐 너무 많은 이야기를 해버린 후였다. 미안하고 부끄러웠다. 경박한 내 혀를 탓하며 얼굴이 뜨거워졌다. 가까운 사이라 하더라도 그런 이야기를 들어줄 의무는 없으니까. 심지어 온갖 대화를 나눌 법한 분위기도 아니었다. 우리가 만난 곳은 매끈하고 값비싼 디자인 가구로 채워진 조용한 카페였다. 이렇게 밝고 근사한 자리를 내 누추한 현실로 더럽힌 것 같아 서글퍼졌고, 유정에게 사과했다. 그러나 유정은 커다란 눈을 더 땡그렇게 뜨고는 그 어느 때보다 또박또박한 말투로 답했다.

"말해줘서 고마운데! 설사 기분이 좋아지고 미움이 사라져 그 사람들과 잘 지내도 오늘 나에게 했던 얘기는 신경 쓰지 마요. 인생이 그래!"

말문이 막혔다. 이런 반응은 여지껏 한 번도 본 적 없었기 때문이다. 다른 사람들은 대개 새로운 일을 찾아보는 게 어떻겠냐고 충고하거나, 고생이 많다며 식상한 위로를 건네는 정도로 그쳤다. 그런데 유정은 내 고충을 살피는 차원 이상의 대답을 들려준 것이다. 마음이라는 건 원래 어디로든 흘러가는 것이고, 마음이 어디로 가든 괜찮다는 듯. 유정은 어쭙잖은 공감으로 내 마음을 보듬으려고 하지 않았지만 방관하지도 않았다. 대신 나를 믿어줬다. 자신이 인생을 믿는 것처럼.

지금껏 그가 보여줬던 모습과 행동들이 다시 보이기 시작했다. 변화무쌍한 마음과 변덕스러운 인생사에 휘말리더라도 꿋꿋하게 사랑을 행하는 모습이. 나는 그를 아주 오랫동안 오해하고 있었다. 사실 유정은 자기가 사랑하는 그 누구보다도 자기 자신을 믿고 있었구나. 그래서 그렇게 부지런하게 사랑을 줄 수 있었고, 그래서 돌아오는 것을 기대하지 않았고, 그래서 가지각색의 모양으로 마음을 빚어 선물했구나.

내가 유정에게 받은 것은, 유정이 자기 삶에 품는 신뢰와 사랑의 극히 일부분일 뿐이었다.

그날부터 나는 기쁘고 감사한 마음으로 선물을 받는다. 유정에게뿐만 아니라 다른 관계에서 오는 크고 작은 선물도 이제 부담스럽게 여기거나 되갚아야만 하는 무언가로만 보지 않게 됐다. 고백하자면, 이 깨달음을 여러 번 다른 어려운 처지의 사람들에게 써먹었다. "인생이 그래!" 하며 유정과 똑같은 말투를 쓰면서. 그때마다 유정의 마음을 새삼스럽게 곱씹는다. 어떤 마음으로 그런 말을 했을지 생각하면 나는 다시 새롭게 충전된다.

물론, 그를 수상하게 여기는 마음은 변치 않을 것이다. 이 사람이 또 무슨 꿍꿍이를 품고 혼자 즐겁게 사랑의 나래를 펼치고 있을지 언제나 궁금하다. 유정의 친구들은 순순히 받아들여야 한다. 선물로 혼쭐내주겠다는 그 심보에 웬만하면 패배해주어야 할 것이다.

우리가 지킬 삶

나는 상처받는다. 가치 있는 의미를 독점하려는 언어를 만날 때. 좋은 것은 여기 다 있으니, 자신의 그늘에 들어올 수 없는 누추한 존재는 저리 가라는 듯한 표현을 마주할 때.

그런 언어는 의외로 말끔한 얼굴을 하고 있는 경우가 많다. 대체로 일반적이고 평범한 이미지와 함께 붙어 사용되기 때문에 무해하다고 오해할 수 있을 정도다. 심지어는 아주 세련된 모습일 때도 있다. 그 앞에서 나는 상처받는 동시에, 죄인이 되어 얼굴을 붉히며 발끝만 본다. 언젠가 나도 동의하거나 동참했을 수도 있으니까.

언어는 특정 세력이 독점할 수 없다고 배웠다. '사랑'이라는 단어가 제약 없이 사용되어야 하듯. 동성애자, 장애인, 외국인 노동자, 유학생, 누구에게든 사랑은 일상적이어야 한다. 모든 사랑은 특별하기 때문에 '누군가의 사랑'이라고 해서 특수하게 그려질 필요도 없다. 우리 주변에 있는 누구에게든 이런 아름다운 사정이 있었구나, 하고 믿어주면 된다.

평탄하기만 한 사랑이 과연 존재할까. 시련 없는 성공이 매력적일까. 일반적으로 우리는 무탈하기만 한 이야기를 이상하게 여기거나 김새는 무언가로 생각한다. 우리는 그렇게 생각하는데, '우리가 여럿이 된 사회'는 성격이 다소 바뀌는 것 같다. 정상성을 고집하는 사회는 중첩된 목소리로 이루어진 잡다한 사랑을 불편하게 여긴다. 우리끼리의 얘기라면 모를까 무대, 지면, 방송에 오를 수 있는 사랑은 따로 있다고 여기는 것처럼 보이기도 한다. 나도 알고 당신도 아는 '보통 사랑의 다양성'은 조명하지 않는다.

매끈하게 가공된 사랑, 아무 부스럼 없을 것 같은 사랑만을 예쁘게 보여준다. 그에 속하지 않는 자들에 대해선 진정성을 검열하려 들거나 착각 혹은 병에 의한 오인이라 단정 짓는 반응들도 존재한다. 혹은 그냥 냉

대한다. 눈길조차 주지 않으며.

아름다움과 행복을 추구하는 마음은 누구에게나 있다. 그러나 그 마음이 자신이 모르는 사이에 차별과 무시를 만들 수 있음은 누구나 아는 사실이 아닌 것 같다. '사랑'이 다 같은 사랑일 수가 없는데, 당신의 이야기가 특별하다면 다른 이들의 이야기도 특별한 것인데. 모두가 아는 이미지만을 생산하고, 보통의 언어로만 소통하며, 흔히들 공감하는 표현에만 감탄하면 사회는 점점 더 무심해진다. 수많은 다양한 존재들에 대해 타락은 조용하게 이루어진다.

잘 만든 사랑의 이미지 앞에선, 그 이미지에 속하지 않는 자들은 외로워진다. 사랑, 대신 다른 말을 고민해야 한다. 쓸 수 있는 언어가 좁아져 마음이 어딘가로 떠밀리는 기분을 느껴봤다면 알 것이다. 차라리 그냥 침묵하고 싶은, 이것이 패배감이 아니길 바라는 고독한 마음을.

'라이프스타일'이라는 이름을 내세우는 매끈한 콘텐츠를 보거나 만들 때도 우리는 더 신중해야 한다. 나 역시 좋은 삶, 멋진 삶, 다양한 삶에 대한 이미지를 우리가 알고 있는 것으로만 설명하고 있을지 모른다. 접점이 없다 여겨지는 누군가를 배제하는 순간들이 정말 많았을 테니까.

잘 포장된 언어와 이미지로 누군가에게 동경심만 불어넣고 자기 현실을 누추하게 보이도록 하는 것은, 정말 나쁜 거다. 라이프스타일 콘텐츠도 예외 없이 그 기준이 적용되어야 할 것이다. 매끈하기만 한 것은 매끈함 그 자체로서의 속성 외엔 할 수 있는 이야기가 별로 없다. 복잡하게 생각할 것도 없다. 술자리 주정이나 화장실 뒷담화만 들어봐도 멀끔한 인간의 삶도 거칠고 비합리적인 면모가 많다는 것을 알 수 있다.

하지만 그렇기 때문에 저마다의 개성 있는 이야기가 생겨난다. 늘 같은 자리에 있던 의자의 나무 거스러미에 스타킹이 걸려 올이 나갈 때, 의자의 존재를 새삼스럽게 인식하게 된다. 다음에 안 다치기 위해서 혹은 뒤따라오는 누군가가 또 여기에 걸릴까 봐, 의자를 구석으로 밀면서 우리 삶의 서사가 쌓이는 것이다. 그런 식으로 우리는 타자를 인지하게 된다. 그런 식으로 자신이 원하는 삶의 모양을 깨닫는다.

진실의 표면은 매끈하지 않고 살짝 긁혀 있다. 모두가 자국 하나쯤은 갖고 있을 것이고, 그게 고유한 라이프스타일을 만든다. 그럴듯한 옷을 걸치거나 방만 예쁘게 꾸미고, 대단한 사람과 결혼하고, 음식과 브랜드에 대한 뛰어난 안목을 갖고 있다 해서 그 사람에게만 온갖 좋은 수식어를 바칠 필요는 없다. 요란한 꽃무늬 담요를 좋아해도, 십 년째 같은 니트를 입어도, 모태솔로여도, 아무거나 때려넣었는데 맛있는 잡탕을 먹어도 행복하거나 거기에서 타인의 얼굴을 떠올릴 수 있는 이라면 그게 누구든 아름답다.

그런 사람의 언어에서도 패션과 취향, 미래지향적인 가치를 충분히 발견할 수 있다. 다양한 아름다움을 짚어주는 콘텐츠가 많아졌으면 좋겠다. 내가 가진 정체성과 계급, 문화자본이 '모두가 이해하는' 정상성의 규범 아래 들어간다고 착각하고, 다른 삶의 양식을 함부로 재단하고 지워버리는 것. 그것을 강요하는 것은 자기 자신을 추앙하는 것과 다름없으며, 같은 말만 반복하는 추앙만큼 지겨운 것도 없다.

다큐멘터리 피디 김현우의 저서 『타인을 듣는 시간』에는 이런 통찰이 있다.

> 쉽게 함부로 쓰이는 단어들이 있다. '이해'도 그중 하나라고 생각한다. 타인에 대한 이해는 "자기 자리에 앉아

결정할 수 있는 그런 것"이 아님에도 너무 많은 사람들이 자신의 자리에 꼼짝도 않고 앉아서는 누군가를 이해했다고 말한다. 그런 건 이해가 아니라 자신의 맥락 안에 타인의 이야기를 맞추어 넣는 것일 뿐이다. 그때 만남은 바뀌지 않는 나의 맥락에 하나의 '장면'을 추가하는 것일 뿐이다. 그런 마주침 후에 나의 이야기 분량이 늘어날 수는 있겠지만 이야기 자체가 달라지지는 않는다. 달라지지 않는다는 건 성장하지도 않는다는 뜻이다.[○]

좋은 것을 다 갖고 있는 듯 보이는 언어에 현혹되지 말자. 좋은 것을 다 이해하고 있다는 듯 으쓱하는 사진에도 휘둘리지 말자. 그것들이 독점한 가치는 사실 우리 안에도 있다. 고유한 빛을 머금은 채.

자기 삶의 서사를 단단하게 쌓아가기 위해 자신을 둘러싼 사랑의 고유함을 공부하는 사람. 그리하여 그 사랑 한가운데 기어코 들어가 젖어보는 사람. 그런 사

○ 김현우, 『타인을 듣는 시간』, 반비, 2021

람만이 타자를 '이해한다'고 말할 자격이 있는 사람들이다. 나는 그런 작가, 그런 에디터로 성장할 수 있을까. 혼자서는 불가능할 것이다. 결국 내가 의지해야 하는 존재도 우리다. 서로 다른, 긁힌 자국투성이의, 미우면서도 사랑스러운 우리.

우리가 지킬 삶은 우리를 외롭게 하지 않을 것이다.

불광천과 영산강 사이

불광천을 따라 걷는다. 평일 저녁이나 주말이 되면 천변에 사람과 개가 몰린다. 기괴할 정도로 인공적인 조명들이 군데군데 박혀 있어서, 밤이면 도떼기시장처럼 보이기도 한다. 누군가 솜사탕이나 풍선을 팔아도 이상하지 않을 것 같다.

이 동네로 처음 이사 왔을 땐 물길 따라 걸을 수 있는 길이 있음에 그저 감사했다. 그러나 인간의 마음은 참 간사한 법. 불광천만으로는 좀처럼 성에 차지 않아졌다. 어둠이 내려앉으면 천변의 존재감은 미약해진다. 여러 음성과 개 짖는 소리의 틈을 헤치고 귀를 자세히 기울여야만 졸졸 무언가가 흐르는 소리가 들린다. 물소리가 너무 미미해서, 뭔가가 흐르고 있다는 사실에 안심하기도 하지만 실망하기도 한다. 인파에 묻히지 않고 시원하고 자유롭게 흐르는 자연의 소리를 알고 있기 때문이다. 영산강. 본가가 있는 광주에 가면 항상 보는 강이다.

고향인 부산이나 지금 삶의 터전인 서울에 비하면 광주는 자연적인 측면에서 볼거리가 그리 다양하지 않다. 대신 담양과 순천, 나주 등과 가까워 조금만 나가면 바람 쐴 곳이 많아 갑갑하지는 않다. 음식도 다양하고 맛있다. 하지만 바다가 없어서 어딜 가도 동네의 모습이 비슷하다. 광주 시민들이 그나마 한 폭의 자연을 만날 수 있는 곳은 무등산이나 영산강 정도. 영산강은 광주 북구와 서구를 둘러 나주 쪽으로 이어지다 목포시와 영암군 사이 하굿둑으로 빠져나간다.

다행히, 내 본가는 북구 양산동에 위치하기 때문에 비교적 강과 가깝다. 시간이 좀 걸리긴 해도 걸어서 충분히 갈 수 있는 거리에 있다. 강과 가까이 살아보지 않은 사람들은 강의 존재감이 얼마나 큰지 실감하지 못할 것이다. 부산에서도 바다보다는 낙동강과 더 가깝게 살았기에 '강'과 내 인생은 떼려야 뗄 수 없는 관계다.

우리 가족은 저녁 식사를 마치고 소화도 시킬 겸 영산강 쪽으로 산책을 나간다. 양산동은 광주 안에서도 외곽에 속해서 아파트 지구를 조금만 벗어나면 논밭이 흔하게 펼쳐진다. 강으로 향하는 길을 걸으면 광역시가 아니라 읍이나 면 단위의 시골에 있는 것 같은 착각이 들기도 한다. 공원처럼 개발된 곳이 아니라서 인적도 드물다. 누군가 키우는 똥강아지 울음소리. 밭마다 심어져 있는 키 큰 옥수수와 탐스러운 상추, 파, 고추. 여름이면 장미덩굴과 능소화, 접시꽃 등이 곳곳에서 얼굴을 들이밀며 이어진다.

그 사이를 함께 걷는다. 길이 강으로 막힐 때까지. 아빠는 매일 걷는 길인데도 늘 새롭다는 듯 노을과 구름, 꽃 따위를 핸드폰 사진으로 담는다. 엄마는 그런 아빠를 보며 유난이라고 놀리고 애정을 담은 핀잔을 거듭한다. 동생은 말없이 따른다. 나는 그 모습을 좋아한다. 본가에 내려가야만 볼 수 있는 풍경이지만, 가족을 떠올릴 때 가장 먼저 이 길을 불러낸다. 서울과 광주 사이. 불광천과 영산강 사이. 깔깔거리고 찰칵거리는 소리도 함께 온다.

마침내 강에 다다랐을 때 말소리는 너른 물줄기의 함성에 묻히고, 침묵은 가장 자연스러운 대화가 된다.

이 길이 아니었다면, 우리 가족이 이렇게 오랫동안 함께일 수 있었을까. 사랑이 깊은 사이일수록 증오와 결핍, 미움도 깊다. 사랑은 파헤쳐질수록 생채기를 안겨준다. 더 들어올 수 있으면 들어와보라는 듯. 강물에 시름과 상념을 던져놓을 수 없었다면, 시끄럽다는 듯 밀려오고 밀려가는 물이 우리 곁에 없었다면, 우리는 서로의 마음속 잡음에 파묻혀 질식했을지도 모른다.

도시를 끼고 흐르면서도 인간사와 무관하게 제 갈 길을 가는 거대한 강을 본다. 내가 눈치채기 힘든 우주적인 흐름 안에 들어온 것만 같다. 다 흘러가는 중이다. 우리는 멈춘 적 없고, 언제나 어딘가로 가고 있다. 더 멀리 흘러가기 위해. 도달하기 전까진 우리 사랑의 결과를 결코 알 수 없다. 어둠이 깊게 내려앉아도 길을 잃지 않는 물. 이 흐름에 의지해 기뻐지거나 깊어지거나.

왜가리가 난다. 날벌레가 우글거린다. 청초한 들꽃 행렬이 강가를 따라 서 있고, 이따금 물고기가 튀어오른다. 강변에 설치된 벤치형 나무 그네에 나란히 앉아 우리는 발을 구른다. 삐걱삐걱 우리의 무게만큼 묵직하게 흔들리는 그네.

퇴근 후 종종 엄마에게 전화를 걸면 그들은 이미 식사를 마치고 영산강을 걷고 있다. 밝은 목소리일 때도 있고 힘없는 목소리일 때도 있다. 그러거나 말거나 나는 그들 목소리 너머로 들리는 흙 밟는 소리와 강바람 소리에 안심한다. 함께 나섰다는 건, 사랑할 기력이 있다는 뜻이니까.

서울까지 닿는 영산강 소리. 마음은 그 즉시 그곳으로 간다. 모든 강물이 바다에서 만나듯 우리는 연결되어 있다.

시절식탁

어릴 적 내가 제일 싫어하는 음식은 시래기 된장국이었다. 외할머니 밭에서 난 무청이 겨우내 잘 말라준 덕에 외가에 방문하기만 하면 어마어마한 양의 시래기를 얻어왔다. 그 덕에 한 철 내내 아침 메뉴는 전날 끓여둔 시래기 된장국이 되었다.

나는 식탁 앞에서 거센 저항을 하진 않았다. 내가 아침을 차릴 건 아니니까. 숟가락을 입에 문 채 눈썹을 치켜올리며 책가방이나 챙겼다. 엄마는 딸내미의 표정을 알아채지 못했을 것이다. 매일 아침, 당신은 한 올의 잔머리도 용납하지 않겠다는 듯 두피를 바짝 끌어올려 완벽한 말총머리를 만들어주었다. 한 가닥이라도 흘러내렸다간 그것이 시야를 가려 공부를 망칠 거라 믿기라도 하는 건지. 덕분에 기분이 좋든 나쁘든 나는 항상 눈썹이 치솟아 있었다.

어쨌거나 그 국을 싫어한 건 맛이 나빴기 때문이 아니다. 짠 음식이 입가에 닿으면 간지럽고 따가웠다. 바닷물에 들어간 것처럼. 몸에 좋은 거라고 하는데, 왜 내 몸은 거부하는지 알 수 없었다. 매번 입가를 벅벅 긁으면서도 한 번도 엄마에게 싫은 내색을 하진 않았던 것 같다. 계속 먹으면 몸이 적응하지 않을까 싶기도 했고, 외할머니가 밭일을 접지 않는 이상 얼린 시래기가 우리집 냉장고에서 사라질 일은 없을 테니까.

지금의 나는 시래기 된장국을 아주 좋아한다. 들깻가루를 넣어도 맛있고, 들깻가루 없이 깔끔한 맛으로 먹어도 맛있다. 무슨 종류의 김치와 먹든 완벽하게 조화롭다. 국에 청양고추가 들어가기만 한다면, 김치 없이 밥만 훌훌 말아 먹어도 한 끼 만족스럽게 해결할 수 있다. 여전히 본가 냉동고엔 한철 내내 외가표 시래기가 자리한다. 자주 접할 수 없는 음식이 되어서인지 몸도 반긴다. 짠 국물이 입가에 닿아도 탈이 없다. 서울 생활을 오래 하며 이제는 그 구수하고 든든한 맛이 자주 그

립다.

인터넷에서 얼마든지 시래기를 구할 수 있지만, 내가 하면 그 맛이 안 난다. 뭐든지 남이 해준 음식이 더 맛있다고들 하지만, 그것만으로는 설명할 수 없는 뭔가가 있다. 시래기 된장국만이 아니다. 엄마의 고기김치전, 닭볶음탕. 아빠표 짜장밥과 된장찌개. 이 메뉴들은 어떤 맛집에서도 크게 만족한 적이 없다. 솜씨 좋은 부모를 둔 덕에 입맛만 고급스러워져서 큰일이다. 식당에 앉아 식사를 할 때마다 '아, 우리 엄마 양념이 훨씬 매력적인데.' '우리 아빠였으면 여기에 방앗잎도 넣었을 텐데.' 하고, 남의 영업장에서 주제넘은 말이나 중얼거리는 것이다. 얼마나 주책인가. 이놈의 혀는 내가 아는 그 맛과 정확하게 부합하는 감각을 느끼지 않으면 심드렁하다.

그리고 문득 맥락 없이 서글퍼진다. 지금도 이토록 자주 생각나는데, 나중엔 이 맛이 얼마나 그리워질까. 엄마 아빠의 집에서 맛있게 먹었던 온갖 종류의 집밥. 그것이 추억이 되어버리는 날이 분명 올 텐데. 눈앞이 깜깜해진다.

언젠가 아빠가 가마미 해수욕장에서 내게 한 말을 잊지 못한다.

"먼 훗날 부모가 그리워지면 찾아오렴. 바다처럼 넓게 안아주마."

그럼 엄마 아빠가 해준 밥이 먹고 싶은 그 언젠가가 오면 어쩌나. 나는 직접 끓인 5% 부족한 된장국을 먹으며 벌써부터 찔끔찔끔 울기도 한다. 맛을 공유한다는 것, 식구로 함께한다는 건 엄청난 일이다. 어떤 멋진 식재료나 셰프의 능력으로도 대체할 수 없는, 식탁의 이데아가 만들어지기 때문이다. 시절인연이라는 말이 있듯 '시절식탁'도 있다. 어떤 한 시절에만 나눌 수 있는 테이블. 내내 그리워하게 될 맛과 풍경.

부엌에서 나름대로 노력은 해보겠지만, 엄마 아빠만이 담을 수 있는 그 궁극의 맛을 어떻게 채워야 할지 모르겠다. 일단 몇 가지 메뉴만이라도 본격적으로 전수받아야 할 것 같다. 본가에 갈 때마다 메뉴 한 가지씩 곁눈질로 배워야지. 매번 95%에서 내 한계를 마주하겠지만 0%보단 나을 테니까.

일 애기는 나중에

프리랜서로서 내가 가장 많이 한 작업은 '인터뷰'일 것이다. 기획에 맞는 인물을 고르고, 사전 정보를 찾고, 섭외하고, 인터뷰한 내용의 녹취를 풀어 원고로 정리하는 일. 심층 인터뷰를 진행한 경험은 많지 않지만, 한 웹진에서 이 년 넘게 앙케트식 인터뷰를 이어오며 매달 다양한 사람들을 만났으니 적어도 백 명이 넘는 사람들과 일적으로 소통해왔다.

몇 명을 만났는지가 내 인터뷰력(?)을 가늠할 지표가 되지는 못하겠지만, 나는 스스로 이 사실을 기특하게 여기고 있다. 지극히 내향적인 성격의 소유자이기 때문이다. 내가 모신 인터뷰이들은 이 일이 아니었다면 만날 수 없었던 사람들이다. 한 번도 얼굴을 마주한 적 없는데, 그들의 이메일 주소나 SNS를 찾아 “안녕하세요, ○○의 객원 에디터 김해서라고 합니다.”라고 먼저 말을 걸어야 하다니. 그 일을 수년간 해왔다는 사실이 지금도 믿기지 않는다. 전송 버튼 누르기가 너무 긴장되어 ‘그냥 다 관둬야 할까?’ 고민했던 순간도 한두 번이 아니다. 그러나 나의 하찮음을 클라이언트에게 설명하는 일은 더더욱 고되고 상상할 수 없는 수준이라, 그것이 날 일하게 했다.

인터뷰는 서면으로 진행된 날도 많지만, 대면으로 진행된 날도 적지 않다. 그날의 날씨와 공간의 조도, 상대하는 이의 기분과 표정을 느끼며 말을 붙이고 생각을 끌어내는 일. 사람 대 사람의 일. 머릿속이 백지장이 된다. 던져야 하는 질문조차 생각나지 않을 만큼 깨끗한 상태.

다행스럽게도, 어버버하다가 완전히 상황을 망쳐버린 경험은 아직 없다. 나와 마주한 인터뷰이는 모두 감사하게도 친절하고 따뜻한 사람들이었고, 더 나아가 인터뷰어보다 대화의 주도권을 잡아 말하는 멋진 사람들이었기 때문이다. 십 분, 십오 분 정도가 지나면, 다들 스스로 이야기보따리를 잘 풀어내어서 나는 잘 듣고 잘 받아 적기만 하면 됐다. 그들 덕분에 스무스하게 이어지는 인터뷰의 꽃은 인터뷰가 끝나고 나서 본격적으로 펼쳐진다. 일 얘기가 끝난 후 진짜 사담이 시작되는 것이다.

공식적으로 나눌 법한 이야기가 갈무리되면 우리 사이를 채우던 열기에 갑자기 찬바람이 분다. 그때, 용기 있는 자들은 그 열기를 놓치지 않으려 입을 연다. 이젠 그들이 나에 대한 궁금증을 표현한다. 나를 인터뷰하는 것이다. "해서 씨는 어때요?"

나? 나 말인가? 무사히 끝났다는 사실에 안도하며 재빨리 집으로 돌아가려 짐을 챙기고 있던 나? 마음은 이미 현관문 도어록 번호를 누르고 있던 김해서 씨의 이야기가 정녕 궁금하단 말인가?

얼떨결에 의자에 엉덩이를 고정시키고 다시 인터뷰이들의 반짝이는 눈을 들여다보게 된 나는 주술에 걸린 사람처럼 응답한다. 그들이 원하는 교감을 위해 충실히 노력하는 것도 좋은 인터뷰에 필요한 매우 중요한 자세라고 생각하니까. 이 말만 보면 마치 내 퇴근길을 막은 그들을 살짝 원망하는 것처럼 보일 수 있겠지만, 틀렸다. 왜냐하면 나는 누군가 나를 이렇게 잡아주는 것을 굉장히 좋아한다. 오늘 이 시간이 망한 게 아니라는 확신이 들면서, 용기 내어 인터뷰이를 찾은 게 헛되지 않았다고 느끼는 순간이다. 안도감은 곧 즐거움이 된다. 그리고 인터뷰어와 인터뷰이의 자리는 마구잡이로 뒤섞인다. 수다 삼매경이 시작되는 것이다. 삼십 분에서 한 시간이면 끝날 짧은 인터뷰가 세 시간, 네 시간으로 늘어난다.

누군가는 종교에 대한 고민을 털어놓기도 하고, 누군가는 내게 연애 상담을 한다. 누군가는 일이 아닌 다른 취미 얘기를 터놓고, 또 누군가는 자식이나 부모 걱정을 한다. 나는 그 이야기 소재에 걸맞는 내 경험을 공유하며 공감하기도 하고, 나와는 교집합이 없어 보이는 순수한 고독이나 고민 앞에서는 그냥 묵묵하게 듣는다. 음료의 얼음이 다 녹아 맹탕이 될 때까지, 말의 리듬에 맞춰 습관적으로 디저트를 조각낸 게 완전히 가루가 될 때까지, 하늘빛이 가로등 불빛으로 바뀔 때까지 이야기는 꼬리에 꼬리를 문다.

그렇게 온갖 것을 나눈 우리는 마치 단번에 친구가 된 사이처럼 여운에 젖어 깔깔거리며 자리에서 일어선다. 오늘 같은 순간이 밤새도록 쭉 이어지면 좋겠지만, 우린 출근을 하거나 마감이 있는 노동자니까. 그렇게

지하철역이나 버스정류장에서 헤어진 인터뷰어와 인터뷰이는 잘 가라고 서로에게 손을 흔든다.

너무 떠들고 너무 많은 것을 들어서 취기에 젖은 것마냥 멍한 상태로 집으로 돌아가는 길. 그때면 나는 이상한 벅참을 느낀다. 술을 마신 것도 아닌데, 기가 막힌 안주와 술로 배를 채운 기분이다. 오늘 처음 만난 낯선 사람과의 기묘할 정도로 깊은 교감.

그런 시간을 가졌으면서, 이후로 또 다시 사적으로 만난 사람들은 몇 되지 않는다. 그러나 나는 여전히 그들을 좋아한다. 내가 그들을 여전히 '좋아한다'고 말할 수 있는 이유는, 우리가 일적으로만 만나지 않았기 때문이다. 그들이 내게 이별 썰을 들려주지 않았다면, 직장 상사 욕을 하지 않았다면, 부모님이 어떤 일을 하는 사람들인지 알려주지 않았다면, 나는 너무나도 쉽게 그날을 잊었을 테다. 그 기묘한 만남들이 쌓이며 알게 된 하나는, 모든 사람에겐 일 얘기 말고도 할 얘기가 많다는 것이다.

일은 한 사람을 둘러싼 아주 여러 요소 중 하나일 뿐이다. 일이 아닌 다른 삶의 영역에서도 한 사람의 색깔이 묻어 나오는 부분이 많다. 얘기에 집중할 때 영수증이나 빨대 포장지를 갈기갈기 찢는 사람이 있는가 하면, 얼음만 남은 잔을 휘휘 젓거나, 물과 다름없어진 남은 음료를 꼴깍꼴깍 삼키는 사람이 있듯, 우리들에겐 일할 때가 아니어도 굴러가는 여분의 장면이 넉넉하다.

언젠가 〈일 얘기는 나중에〉라는 인터뷰 시리즈를 기획해봐도 좋겠다. "일 얘기는 나중에 하고 우리 일단 한숨 돌립시다." 할 때 나눌 법한 이야기. 인터뷰가 끝나고 나누는 사담 같은 이야기. 그런 이야기로 채워진 지면은 다채롭겠지. 사람을 만나 대화하는 데 엄청난 용기가 필요한 내가, 용기를 얻어 또 타인을 인터뷰하는 것은 다 그 대화 덕분이다. 일이 아니어도 내가 나임을 증명할 수 있는 영역은 많다. 편집자나 그래픽 디자이너, 어디어디 대표 같은 직함이 아닌, 이름과 표정으로 남은 사람들의 존재가 그 생각을 단단하게 뒷받침한다.

내 안에 종이학처럼 쌓인 귀한 만남들. 내향인의 귀가 자꾸 커진다. 삶의 다채로움을 잘 소화해, 나의 소심함도 여러 가능성을 포용하며 한 뼘 두 뼘 그릇을 넓혀 가게 되기를.

복숭아뼈를 닮은 사이

친할머니는 내가 초등학생 때 돌아가셨다. 안개비가 내렸고, 그날 하관식에서 나는 태어나 처음으로 죽은 사람이 땅으로 들어가는 것을 봤다. 모든 자식은 종국엔 고아가 된다. 아빠의 빨간 눈과 코를 보고 머리가 좀 아팠다. 그러나 꼬맹이었던 나는 고모와 엄마에게 어지럽다 말하고 자리를 빠져나와 금세 두통을 떨쳐냈다. 한동안 친할머니를 떠올리지 않았다. 너무 어린 나이에 가까운 존재를 잃게 되면 상실은 상실의 능력을 잃는다. 여느 때와 똑같이, 그녀를 보고 싶을 때만 생각했다. 그러면 슬프지 않았다.

물론, 아주 가끔 어쩔 수 없이 할머니의 모습이 강렬

하게 떠오를 때가 있다. 우리는 복숭아뼈를 닮은 사이이기 때문이다. 나는 발이 정말 못생겼다. 발볼도 넓고 둘째발가락이 유독 긴 데다가 복숭아뼈가 남들에 비해 울퉁불퉁하다. 살이 흰 편이라 그 못생긴 발이 크고 퉁퉁해 보이기까지 한다. 사람의 발이란 게 어차피 바닥과 내내 붙어 있는 기관이고, 예뻐봤자 얼마나 큰 의미가 있겠냐마는 내가 봐도 좀 그렇다. 설상가상 성난 황소의 뿔처럼 모든 발가락의 끝이 휘어져 있다. 발만 보면 기구하기 짝이 없다. 어쨌든 친할머니의 발도 딱 '이 모양'이었던 것이다.

발의 모양이 뭐 대수라고 생각할 수도 있겠지만 그 발견은 내게 굉장히 중요했다. 온전히 엄마 아빠의 자식이라고만 생각했는데, 적어도 발은 할머니가 물려준 것이 아닌가. 할머니의 발은 팔십 년 넘게 걷고 뛰고 버티는 데 쓰이느라 한참 낡고 마른 피부로 덮여 있었는데, 내 먼 나중의 발 모습이라는 건 분명했다. 아주 시시한 미래. 그러나 그 미래를 엿볼 수 있다는 게 어린 나는 묘하게 흥분됐다. 보고 따라 하지 않아도 닮았다는 것. 어떤 식으로든 같은 운명을 공유하게 될 처지라는 것.

나중에 알게 됐지만 당신에게 물려받은 건 발만이 아니었다. 나는 자라면 자랄수록 할머니를 닮아갔다. 고집도 세고, 입맛도 까탈스럽고, 혼자 있기를 좋아하고, 무엇보다 가까운 동네 마트에 갈 때조차 차림새를 신경 쓰는 사람이 됐다. 대단한 화장을 하는 건 아니지만 머리가 너무 부스스하진 않은지 세수 안 한 얼굴이 너무 꾀죄죄하진 않은지 거울을 보며 체크한다. 아무도 내게 관심이 없다는 거 안다. 하지만 남에게 공유하고 싶지 않은 자기 자신도 있는 법이다.

기억 속 할머니도 똑같은 모습이다. 동네 어르신 무리와 어울려 왁자지껄하게 노는 법도 없고 아주 가까운 곳으로 외출할 때에도 손바닥에 물을 묻혀 고아하게 머리를 다듬으셨다. 항상 손목에 염주를 감아 어디서든 자주 기도 정진하시기도 했다.

그리고 사과! 사과를 어찌나 좋아하셨는지 어느 계절이고 늘 사과를 드셨다. 숟가락으로 긁어 오물오물 열심히 드셨는데, 그 모습이 어린 내 눈에도 천진하게 보일 정도였다. '불가리스'조차 사과 맛만 드셨다. 포도나 복숭아 맛을 좋아하고 사과 맛은 싫어하는 나도 할머니 댁에서는 잠자코 사과 맛을 먹었다. 할머니가 주는 건 이상하게 거절하기가 힘들다. 다자이 오사무의

『사양』 속 등장인물인 가즈코의 아름다운 어머니가 떠오르기도 한다.

무자비한 삶 속에서 가기 싫은 곳은 가지 않고, 만나기 싫은 사람은 만나지 않고, 좋아하는 것이나 굳게 믿으며 살아도 되는 걸까. 그럼 조금 외롭더라도 덜 휘둘릴 수 있을까. 극복하고 버티고 어울리고 감내하는 것만이 미덕인 줄 알았던 생각이 깨지자, 할머니의 발이 다시 떠올랐다. 고집스럽게 휘어 있고 울퉁불퉁한 발. 내 발과 똑같은 발.

지금 내 발은 이런저런 흉도 있어서 어린 시절보다 더 볼품없다. 그러나 이젠, 엄마가 낄낄거리며 샌들 사이로 비치는 발을 놀려대도 눈을 흘기지 않는다. 보이는 곳에 있어도 보이지 않는 곳에 있어도, 확실하게 못생겼으니 오히려 떳떳하지 않은가. 할머니도 아랑곳 않았을 거다.

아빠의 컴퓨터 배경화면은 꽤 오랫동안 할머니의 모습이었다. 단정하게 빗은 머리를 하고, 꽃을 한아름 안고서 파스텔 빛깔의 한복을 입고 계셨다. 눈가의 주름에도 눈빛은 가려지지 않는다. 수줍은 듯 부드럽게 정면을 쳐다보는 자태. 내가 아빠였어도 그 사진을 소중히 여겼을 거다. 발은 풍성한 치맛자락에 가려 보이지 않았다. 하지만 알 수 있다. 울룩불룩한 발가락 마디마디에 잔뜩 힘이 들어가 굳게 버티고 있을 테지. 카메라로 당신을 담으려는 아들과 그 순간 속 자기 자신만 생각하며, 똑바로 서 있으려고 말이다.

낄 틈 없는 대화

여기는 순천으로 향하는 고속도로 위.

오랜만에 탄 아빠 차는 아늑하고 편했다. 나는 아빠가 구식 프라이드를 몰던 때에도 차 안에서의 시간을 좋아했다. 가족들이 같은 방향을 보면서 좁은 간격으로 앉아 있는 게 마음에 들었기 때문이다. 뭉게구름과 꽃 핀 배롱나무, 복숭아를 가득 실은 과일 트럭, 초록빛 저수지, 낮은 집들이 몰려 있는 기슭, 언제 제조되었는지도 모를 빈티지 자동차가 빠르게 지나간다. 별것 없는 풍경이긴 한데, 뒷좌석에 앉아 앞좌석 틈으로 창밖을 보고 있노라면 슬그머니 입이 벌어진다. 서울에서 느껴본 적 없는 청아한 여름 색. 엄마의 고향, 쌍율마을로 향하는 우리 차는 마치 작은 사 인실 극장 같다.

나는 서울에서 들고 온 휴대용 블루투스 스피커를 들고 착석했다. 엄마 아빠의 신청곡을 받기 위해서다. 물론 보나 마나 외가에 가는 한 시간 삼십 분 정도의 시간 동안 조용필 아저씨 노래만 틀게 될 것이다. 늘 휴대폰으로만 음악을 틀고 어째서인지 차내 스피커는 사용하지 않는 두 사람을 위해 좋은 음질의 BGM을 제공할 계획이었다. 기꺼이 내 취향을 저버리고 이들의 뻔한 플레이리스트를 수용한다.

첫 곡은 엄마의 신청곡으로, 조용필의 〈내 이름은 구름이여〉다. 그리고 이어지는 〈바람의 노래〉, 〈기다리는 아픔〉, 〈나는 너 좋아〉, 〈바람이 전하는 말〉. 어릴 때부터 아빠 차에 타면 항상 들었던 목소리라 가사는 기억나지 않아도 멜로디 정도는 흥얼거릴 수 있다. 정통 트로트에 가까운 구성진 가락부터 지금 들어도 올드하지 않는 세련된 록 밴드 구성까지. 젊은 엄마 아빠의 귀를 홀라당 사로잡은 이유를 충분히 알 것 같다. 내가 그 시대에 태어나 당신들과 친구였어도 아마 열병을 앓았겠지.

나는 엄마 아빠의 오래된 앨범을 꺼내보는 것을 좋아한다. 이들이 이십대였던 8090 시대의 쿨한 패션과 젊음으로 빛나는 용모도 흥미롭지만, 세련됨이라고는 찾아볼 수 없는 어리숙한 십대 시절의 모습은 황홀하다. 틈만 나면 옷매무새와 머리를 매만지고 친구들과 어울려 놀기를 좋아하는 말괄량이 소녀와(〈응답하라 1988〉의 덕선이를 보면 우리 엄마가 생각난다.) 조용하게 앙다문 입매와 다소 서글픈 눈빛을 가진 전교 1등 소년. 이 둘이 대체 어떻게 만났을까. 어쩌다 나를 낳고 내 동생을 낳고 함께 지겹도록 조용필 노래를 듣는 사이가 됐을까.

조용필은 엄마의 죽은 오빠가 생전에 좋아했던 가수다. 남이 하는 얘기를 담담하게 잘 들어주는 한 소년은 한 소녀가 쫑알거리는 오빠 이야기도 그저 들어주었겠지. 그 애가 좋아하는 조용필 노래도 어쩌다 다 찾아 듣고, 가사도 생각해보고, 특별하다 생각했겠지. 소녀가 위로받는 대목에서 슬픔 많은 소년도 함께 위로받았을 거다. 음악이 멈추면 문득, 정말 문득 소녀가 보고 싶어지고.

그들의 딸로 태어난 나는 자동차 뒷좌석에 앉아 주거니 받거니 이동하는 대화를 지그시 바라보다, "헤이, 디제이!" 하고 부르는 목소리에 정신을 차린다.

엄마 : 다음 곡은 〈가지 말라고〉 틀어줘.

나 : (검색하더니) 그런 곡은 없는데.

아빠 : 아냐, 그거 제목 〈애원〉일걸?

나 : (또 검색하더니) 그런 곡도 없는데?

가사로 검색해보자 곡명이 나온다. 〈잊혀진 사랑〉. 도입부 첫 가사가 "가지 말라고~"고, "애원하며 잡았었는데~"로 두 번째 구절이 바로 연결된다. 두 사람 다 얼추 맞춘 셈이다.

뭐가 재미있는지 엄마 아빠는 깔깔 웃는다. 원래는 제목이며 가사며 다 외웠는데 이제 그게 안 된다, 그냥 '가지 말라고'가 제목이 됐어야 한다는 둥 자기들끼리만 통하는 얘기를 구구절절 이어간다. 그다음 곡도 미리 신청해두는 여유까지 부리고. 어쩌다 보니 나는 정말로 두 사람만을 위한 디제이가 되어 그들의 데이트에 어정쩡하게 끼어 있는 기분이 들었는데, 나쁘진 않았다. 다른 사람이 낄 틈 없는 대화라니. 이들의 사랑은 여전히 견고하구나.

외가를 방문하고 다시 집으로 돌아가는 동안에도 차 안에는 엄마 아빠의 추억이 담긴 노래가 연달아 흘러나

왔다. 조용필부터 박인희, 이문세, 최백호까지. 어느덧 해는 넘어가고 구름은 붉게 젖어간다. 산등성이는 어둠을 등에 업으며 검어지고, 도로가에 핀 배롱나무의 꽃은 노을에 묻혀 희미해지는 시간. 어쩐지 지금이 '오늘'이라는 영화의 클라이맥스라는 생각이 들었다. 그렇다면 OST로써 이만한 노래들이 없다. 딱이다.

오래된 음악 이야기를 주고받는 중년의 연인. 가물가물한 기억을 더듬으며 제목을 맞히고 좋아하는 표정. 그리고 그들 사이를 파고드는 노을빛. 나는 뒷좌석에 기댄 채 눈에 담고 귀에 새긴다. 저절로 새겨지는 사랑이다.

처음부터 다시 살아야 한다면

우리는 다음의 물음 앞에서 꽤 진지했다.

— 타임머신을 타고 과거로 갈 수 있다면 가겠는가.

— 몇 살 때로 돌아갈 것인가.

— 그때로 간다면 미래(현재)의 영혼 상태도 리셋되길 원하는가.

모과 멤버들은 합평을 하다 말고 이 '과거 여행'에 제대로 열을 올렸다. 누군가는 고개까지 절레절레 저으며 가지 않겠다고 굳게 선언한다. 과거로 가는 상상에 합류하고 싶지도 않다는 거다. 또 다른 이는 열네 살로 돌아가야겠다고 하며, 꽤 구체적인 이야기를 들려준다. 나는 이런 상상은 너무 어렵다고만 말했다. 어쩐지 가고 싶기도 하고, 무섭기도 했다. 잠자코 듣고 있는 사람은 무슨 생각을 하는 건지 끝까지 별 대답을 들려주지 않았는데, 돌아가고 싶든 그러고 싶지 않든 간에 과거의 여러 시절들을 떠올리지 않았을까 싶다.

모임 때 나눈 그 이야기는 집으로 돌아오는 내내 내 머릿속을 파고들었다. 일단 가까운 과거부터. 흑역사 같은 첫사랑이 떠오른다. 어후, 그냥 생각을 말자. 그보다 조금 더 먼 과거는 어떨까. 허구한 날 선생들로부터 체벌과 폭언을 당하고 눈물짓던 고등학생 때. 팔뚝에 오소소 소름이 돋으며, '여행은 무슨! 지옥 체험이다!' 거리에서 육성으로 욕이 터질 뻔했다. 그렇다면 중학교를 다니던 때는 어떤가. 음, 갈 수는 있겠다. 죽음과 시를 찬양했던 수치스러운 검정 다이어리를 불태우러. 하지만 그것만 태우고 돌아오리라. '연두색 치마와 보라색 넥타이'라는 끔찍한 교복이 있는 한, 그 시절에 머무는 건 있을 수 없는 일이다. 체형과 잘 맞지도 않는 화려한 교복을 한복처럼 펄럭이며 다닌 얼빠진 시절. 그때를 떠올리면 지금의 나를 사랑하게 된다. 그래, 이 정도면 선방이다.

정말로 난 어떤 때로도 돌아가고 싶지 않은 걸까. 과거를 짚을 때마다 등골이 오싹해지고 고개를 절레절레 젓게 되면서도, 왜 이 결론이 아쉽게 느껴질까. 다시 살고 싶지 않은 삶이라는 건 어떤 의미인가.

소중한 기억도 분명히 있다. 막 태어난 동생의 발바닥을 처음 만졌을 때, 사촌동생과 밤새도록 수다를 떠느라 어른들에게 핀잔을 들었던 어느 밤, 아빠와 같이 놀이기구를 타는 나를 엄마가 사진 찍어주던 순간, 가을이 되면 알 수 없는 풀씨를 하늘에 풀어놓다가 쓸쓸해지던 저녁, 술 취한 아빠가 내 뺨에 까슬한 수염을 비비던 날, 돌아가신 외할아버지가 불었던 하모니카 소리, 할머니 집에서 마셨던 사과맛 불가리스. 기회가 있다면, 다시 느껴보고 싶은 감각들. 사랑하지만, 다신 건너갈 수 없는 장면들.

어쩌면 지금의 나를 만든 건 굵직한 줄거리가 아닐지도 모르겠다. 삶은 기승전결이 짜인 촘촘한 이야기가 아니라, 툭툭 찍은, 왜 찍은 건지도 기억나지 않는 필름 사진 같은 것이려나 싶다. 어떤 인과도 설명할 필요 없는 순결한 기억들. 몸 안에 새겨진 동굴벽화 같은 감각들. 요람 안에서 환하게 웃고 있는 아기의 사진이 예쁘면서도 슬퍼 보이는 건, 그런 이유 때문이지 않을까. 나를 둘러싼 삶과 죽음이라는 인과를 인지하는 순간, 말간 웃음은 뭉개지고 눈은 정면을 응시해야 할 것이다. 엄습하는 미래를 향해 허리를 곧추세우고, 네 발이 아니라 두 발로 운명을 지탱해야 한다. 일어섦의 버거움. 기어 다닐 사유를 잃어버린 우리들. 일어설수록 커지는, 슬픔의 위치에너지를 실감해야 한다.

그날 모과 모임에서 박연준 시인은 이런 얘기를 했다. "과거로 가서 안아주고 싶은 아이들이 많은 것 같아요." 아, 맞는 말이다. 누구에게 갈지를 먼저 생각해보는 것도 방법이겠다.

먼저, 애인의 어린 시절. 티브이 앞에만 앉으면 시간 가는 줄 몰랐던 그 아이 곁에 슬그머니 앉아 함께 웃어야지. 너도 다른 사람에게 즐거움을 주는 사람이 될 수 있다고 알려줘야지. 친구에게도 간다. 먼 타국에서 언어가 잘 통하지 않아 입을 꾹 다물고 있는 그에게, 하고 싶은 말을 못해서 슬픈 마음이 뭔지 나도 안다고 말해줄 것이다. 다음에는 동생에게 향한다. 동급생들의 괴롭힘, 그 상황을 부추기는 선생들로 인해 쓰러졌던 녀석. 곁으로 가서 "저 사람들이 나쁘고 비상식적인 거야!" 소리 지르고 길길이 성을 내며 앞장서는 친구가 될 테다.

여기까지 오니 더 못 갈 것도 없다. 마을 언덕의 바위 위에서 밤까지 쓸쓸하게 시간을 보냈던 어린 날의 아빠. 나도 매일 같은 시간에 언덕으로 나가 그를 기다릴 거다. 그럼 아빠의 동창이었던 엄마도 자연스럽게 마주칠지 모른다. 어린 날의 엄마라니. 나는 그의 아름다움과 재능을 칭찬하느라 입이 마를 가능성이 높다. 조금의 거짓도 없이, 그가 장차 자신감을 가져도 되는 이유를 백 가지나 언급할 수도 있다.

나를 스치고, 나를 만든 사람들의 어린 날. 그곳에 갈 이유가 무수히 많다. 그렇다면, 그들에게 던진 메시지로 인해 미래가 바뀐다고 했을 때, 그 책임으로 나 역시 처음부터 다시 살아야 한다면 나는 행복할까.

어리석은 스무 살을 지나, 폭력과 비관으로 점철된 학창 시절을 지나, 질풍과 같은 사춘기를 지나, 쓸쓸함을 너무 빨리 깨달은 유년 시절을 지나, 젊은 부모가 가진 것 중 가장 뛰어나게 아름다운 존재였던 갓난아기 시절을 지나, 다시 엄마의 배 속으로 돌아갈 수 있다면.

글쎄, 굳이 선택하고 싶진 않다. 그러나 우주가 나를 그곳으로 보내기로 작정했다면, 일단 지금의 공기를 깊게 들이마신 다음 다시 태어나야지. 이후의 삶이 어떨지는 모르겠으나, 내가 만난 사람들 품으로 떨어지는 것이라면 믿을 수 있다.

변함없이 가난하더라도, 원래의 삶과는 또 다른 슬픔으로 좌절하더라도, 보다 더 각박하고 혼란스러운 청춘을 보내야 한다고 해도, 새롭게 태어난 김해서의 영혼에 새겨질 사진 역시 아름다울 것임을 안다. 와락 안아주고 싶을 만큼, 격려해주고 싶을 만큼, 함께 울어주고 싶을 만큼. 나는 꽤 진지하게 믿고 있다. 지금만큼, 내 사람들을 사랑할 자신이 있다.

가장 존경하는 겁쟁이에게

나의 '오바 요조[○]'.

빌어먹을 너를 위해 나는 무교인데도 자꾸 신앙적인 사람이 돼. 우린 철자는 다르지만 같은 뜻의 이름을 가졌지. 우리의 부모는 사는 동안 우리가 비슷한 크기의 행복과 불행을 건너내실 원하셨나 봐. 우리가 형제라면 그랬을 수도 있겠어. 내가 남자였다면, 혹은 네가 여자였다면 정말 같았을 수도 있겠어. 그러나 우리는 남매

○ 다자이 오사무 소설 『인간실격』의 주인공

지. 남매라니. 네가 겪는 슬픔과 나의 고통, 네가 겪을 기쁨과 내가 품을 희망은 절대 같을 수 없지. 이제 서로를 시기 질투하는 건 관두자.

내 최초의 기억이 뭔지 아니. 너의 발을 만진 날이란다. 태어난 지 얼마 되지 않아서 네 발이 붉고 쭈글쭈글할 때, 그걸 검지로 쓰윽 쓸어보고서는 소스라치게 놀랐지. 벌겋고 쭈글거리는데, 심지어 움직이다니. 네가 뭔지 도무지 알 수 없었지. 놀란 나를 보고 간호사 이모가 웃음을 터뜨렸어. 그 촉감이 여전히 생생해. 간지러운 검지. 네가 날 '누나'라고 부를 때까지 난 네가 '동생'인지도 몰랐어. 그리고 우리가 이렇게나 서로를 미워하고 동경하는 사이가 될지도 그땐 몰랐지.

존경해. 너는 사실, 질투조차 품을 수 없을 만큼 대단한 재능을 가졌어. 내가 겨우 시 하나를 짓고 노곤해지는 동안 너의 우주적인 세계관은 눈덩이처럼 불어나 은하를 만들지. 언젠가 죽으면 그 세상으로 떠날 것 같다던 말. 지금도 기억하고 있단다. 경이로워서 잊을 수가 없는 말이었어.

넌 네 세계의 신이자 캐릭터들 사이를 쏘다니는 은밀한 시민이지. 난 내 시의 주인조차 될 수 없는 운명인데. 시는 나를 모르거든. 만들어졌다 생각되는 순간 사라지는 것이라서, 사실 나도 그 얼굴을 잘 몰라. 아무것도 아닌 것을 낳는 여자지. 오직 낳는 것이 중요할 뿐이야. 그러나 너는 끝내 네가 가질 수 있는 말들을 찾아 생을 이어갈 거야. 말하는 대로 이루어질 거야. 나는 만들면 만들수록 말을 잃겠지만. 그러니 이 몸을 견제하지 말렴. 넌 너의 길을 가면 돼.

사람을 두려워하며 네가 울고 웃으며 해준 이야기들. 지금에 와서 하는 생각이지만, 거기에 허풍과 엄살이 다소 깊게 있었을진 몰라도 진실했다고 봐. 그러니 용감하게 걸어 나와도 돼. 너는 아무것도 걸치지 않아도 빛이 난단다. 두렵다는 이유로 네가 믿는 진실을 마주할 기회를 놓치지 말기를 바라. 내 시를 걸고 너의 신, 하나님에게 말해둘게. 넌 겁쟁이지만, 용감한 겁쟁이라는 걸 누구보다도 내가 잘 안다고 말이야.

무모하게 사랑만 많아서, 질투도 많고 좌절도 많고 순수함을 꿈꾸지. 도저히 포기할 수 없는 아름답고 이상적인 세계를 이야기로 만들 수밖에 없을 정도로. 겁쟁이인 주제에, 괘씸하게도 마음이 뜨겁지.

유월, 시 쓰기 참 좋은 계절이야. 쓰고 있어도 시가 그리워져. 때론 밉기도 해. 벽을 미워하는 것과 다름없는 일이지만, 아무튼 그래. 네가 날 자주 미워했던 것과 비슷한 마음이겠지. 나도 네가 날 미워해서 네가 미웠어. 이젠 그저 모두가 건강했으면 좋겠구나. 장마가 오기 전까지, 장마가 끝나기 전까지, 겨울이 되기 전까지, 다음 해로 넘어가기 전까지. 그다음 해, 다다음 해, 언제까지든.

답장이 없는 삶이라도
지은이 김해서

1판 1쇄 찍음 2022년 10월 3일
1판 1쇄 펴냄 2022년 10월 10일

편집 김지향 정예슬 김수연
디자인 permanent.ink
미술 이미화 김낙훈 한나은 이민지
마케팅 정대용 허진호 김채훈 홍수현
이지원 이지혜 이호정
홍보 이시윤
저작권 남유선 김다정 송지영
제작 임지헌 김한수 임수아 권혁진
관리 박경희 김도희 김지현

펴낸이 박상준
펴낸곳 세미콜론
출판등록 1997. 3. 24. (제16-1444호)
06027 서울특별시 강남구 도산대로1길 62
대표전화 515-2000
팩시밀리 515-2007
편집부 517-4263
팩시밀리 515-2329

ISBN 979-11-92107-72-1 03810

세미콜론은 민음사 출판그룹의
만화 · 예술 · 라이프스타일 브랜드입니다.
www.semicolon.co.kr

트위터 semicolon_books
인스타그램 semicolon.books
페이스북 SemicolonBooks
유튜브 세미콜론TV